LA MUSE FRANÇAISE

# Flambée d'Amour

O jeunesse à l'âme rêveuse
Et toi, front pensif au déclin,
Cherchant la flamme radieuse
Dans l'ombre de votre chemin,

Parmi les couronnes tressées
Dans l'or et la neige des fleurs
Voici, gerbe aux mille couleurs,
Des rayons d'amour à brassées!

B.-C. S.

1926

LA MUSE FRANÇAISE

# Flambée d'Amour



1926

O jeunesse à l'âme rêveuse
Et toi, front pensif au déclin,
Cherchant la flamme radieuse
Dans l'ombre de votre chemin,

Parmi les couronnes tressées
Dans l'or et la neige des fleurs
Voici, gerbe aux mille couleurs,
Des rayons d'amour à brassées!

B.-C. S.

# A MA MUSE

Depuis que ton baiser s'est posé sur ma lèvre
Le soleil est plus clair et le ciel est plus doux,
Mais sans cesse en mon sang il allume la fièvre
Qui fait que pour prier je tombe à tes genoux.

Depuis que ton baiser comme un tendre zéphire
Sous un souffle d'amour a caressé mon cœur,
Je vois dans ton regard l'Univers me sourire
Et le Rêve en mon sein fait éclore sa fleur.

Depuis que ton baiser, de son ardente flamme,
A pénétré ma chair, pareil au feu divin,
Il avive l'essor des ailes de mon âme
Et fait que l'Espérance éblouit mon chemin !

# AVANT-PROPOS

Est-ce un éden d'amour que la terre où l'on passe,
Où l'heureuse Clarté dont le sourire efface
Les voiles attristés que promène la Nuit,
Dans l'azur à nos yeux et se lève et nous luit ?
Est-ce un asile offrant les délices promises
Qu'à ses arbres en fleurs le Créateur a mises ?
D'une humanité sainte est-ce, doux et joyeux,
Le berceau qu'un archange a comblé de ses vœux ?
Ou d'un élu tombé, demeure désolée,
Est-ce d'un Josaphat la pénible vallée
Qui, parmi les échos des siècles à venir,
Entendra l'homme encor dans les larmes gémir ?
Est-ce un lieu sans repos dont la seule souffrance
Sous le Mal en nos cœurs étouffe l'Espérance ?
Est-il maudit du ciel ce séjour passager
Où sans cesse en restant l'un à l'autre étranger
On court en soulevant dans la commune ornière
Des vagues de sanglots, de boue et de poussière ?...
L'Univers n'est-il rien qu'un immense chaos
Où la vie et la Mort, roulant d'aveugles flots,
Font se heurter l'éclair aux nuits des catacombes
Et se poursuivre en vain les berceaux et les tombes ?
Ou le prodigieux et formidable aimant
Qui soutient et qui meut l'immortel élément,
Comme un flambeau divin d'où s'élance la flamme
Nous est-il apporté sur les ailes d'une âme ?
L'Insondable Creuset de la Création
Est-il rempli d'une ombre ou baigné d'un rayon ?...

J'écoute les accents sublimes du Poète
Dont l'ardente prière en son chant se reflète
Et qui, verbe sacré de la céleste Loi,
Te répond, ô savant qui cherches le Pourquoi
En niant le Mystère au nom de ta Science,
Que l'atome qui fait osciller ta balance
Et que ton analyse et mesure et décrit
En sa pure substance est formé d'un esprit,
Et que, d'aspects divers, diffuse ou condensée,
Ce que tu crois matière est encore pensée...
Laisse entre tes compas, trop orgueilleux chercheur,
Pour guider ton calcul s'accouder le Rêveur,
Et tu pourras, fouillant l'aride théorème
De ton équation faire éclore un poème.
Ton âme soulevée au sein des cieux vermeils
Qu'avivent de leurs vols des essaims de soleils,
Dans l'éclat merveilleux des Temples d'Uranie
Verra se dérouler l'éternelle Harmonie.
Et tous deux, en sondant, géomètre et penseur,
D'un pôle différent la même profondeur,
Sur une mer sans fond où la boussole tremble,
Un jour au même Port nous entrerons ensemble...
Je regarde briller par delà l'horizon,
Dans les feux où le Rêve éblouit la Raison,
L'Étoile qu'un instant enveloppe la brume
Mais qu'un doigt invisible et protège et rallume.
Et quand le noir semeur de gouffres et d'écueils
Apporte ses tourments et ses maux et ses deuils,
Un soleil clair et doux dore les fleurs quand même,
Et je crie en mon cœur que j'espère et que j'aime...
Je le traverserai dans ma candeur d'enfant
Ce monde où l'égoïsme, hélas ! est triomphant,

Mais où l'homme, déjà, de justice est avide
Et dont l'instinct brutal offre un côté candide.
A mon frère ici-bas, pour qu'il ouvre son cœur
J'apprendrai que l'amour est le souffle vainqueur ;
Qu'aimer seul est un bien qu'il est doux de connaître,
Et que s'il voit la rose à son regard renaître,
Mêlant à son parfum sa plus tendre couleur,
C'est qu'une reine l'aime et lui donne sa fleur.
Et s'il fait que son sein repousse la tendresse,
Si l'accent le plus doux éveille sa rudesse,
Et que devant l'ami se dresse l'agresseur,
Gardant sans me troubler ma force et ma douceur,
Au méchant que sans peine écarte une main sûre,
Et qui, voulant blesser, redoute la blessure,
Mon pardon montrera que sa haine avait tort,
Et que c'est le meilleur qui reste le plus fort...
Par les sentiers montants où l'être humain chemine
Mes pas me conduiront au sommet qui domine
Et qui devant mes yeux, fixant d'autres arrêts,
Montre un jalon toujours, une borne jamais.
C'est la cîme où le Roi des apôtres lui-même
Avant d'aller plus haut, jeta l'appel suprême :
« Aimez-vous, aimez-vous, pour qu'un jour glorieux
« Ensemble vous élève au rang des Bienheureux. »
... Que vers moi, dissipant les ombres de la route
Où l'invincible Espoir lutte contre le Doute,
Il me soit seulement sous l'abîme étoilé,
Afin que l'astre d'or cesse d'être voilé,
Donné de voir, éclos avec l'aube ravie,
Un regard radieux et de sœur et d'amie,
Et de mon idéal de bonté revêtu
J'irai, lassé parfois, mais non pas abattu.

Je marcherai sans crainte aux accords de ma lyre
Dans l'orage qui gronde et le vent qui soupire,
Me penchant sur tous ceux que la tempête a pris,
Pour mettre aux fronts la joie, aux lèvres le souris.
Poète fier et doux qui sème sa parole,
Et dont l'âme s'unit à la voix qui console,
Je laisserai mes chants en leur envol de feu
Se mêler à mon rêve, aux souffles du ciel bleu :
Ayant pour guide un ange aux ailes de lumière
Dont je mets à genoux le nom dans ma prière,
Je passerai, suivant dans le sillon béni
Un resplendissement d'Amour et d'Infini !

B.-C. Sachet.

# CREDO D'AMOUR

*Sans l'amour, a dit l'Apôtre,*
*toutes les autres vertus ne sont rien.*

Oui, l'amour est sur la terre
Le présent le plus divin :
C'est la fleur que le mystère
A mise en notre chemin.

C'est le Rêve dont la vie
Sans cesse embellit son cours,
Et, rose toujours fleurie,
C'est le parfum de nos jours.

C'est, dans l'aube désolée,
Où l'homme gémit encor,
Pour embraser la vallée
Le flot des papillons d'or.

C'est la colombe éternelle
Au chant ravissant et pur
Qu'un doux envol de son aile
Revêt des feux de l'azur.

C'est l'éblouissante Etoile
Qu'en son éclat radieux
L'horizon clair et sans voile
Fait resplendir à nos yeux.

C'est l'ardent souffle de flamme
Qui nous met l'ivresse au cœur
Et dans un baiser vainqueur
Au ciel emporte notre âme !

# Ô MUSE

Ô muse, toutes les fleurs
Aux feux de ton aile écloses,
Les bleuets avec les roses,
Les lis aux tendres couleurs ;

Les lilas dont la charmille
Prend les subtiles senteurs
Quand l'aube de ses blancheurs
Au chant des pinsons l'habille ;

Le muguet qu'un bois ombreux
Sème en Avril sous les branches
Pour que ses clochettes blanches
Parfument les amoureux ;

La plus tendre marguerite
Que sous un souffle vainqueur,
Ô muse, en cherchant ton cœur
Les doigts effeuillent plus vite ;

Les brillants coquelicots
Qui parmi les moissons blondes
Semblent des plaines fécondes
Les clairs et riants drapeaux ;

La plus charmante fleurette,
La reine au parfum si doux
Qu'ensemble on cueille à genoux,
La divine violette ;

Tous les joyaux du Printemps
Dont la corbeille rayonne
Vont pour tresser ta couronne
Mêler leurs tons éclatants ;

Et sous la voûte étoilée
Où ton envol met son jour
Vers toi monte un chant d'amour
Ô Muse d'Aurore ailée !

# EXTRAITS

DU

# LIVRE DES ROSES

# ROSE ROSE

Dans le jardin fleuri la rose est une reine
Dont la couronne d'or, de neige ou de carmin,
D'un plus tiède zéphyr vient parfumer l'haleine
Et vêtir les sentiers de son éclat divin.

C'est la corolle offrant sa splendeur radieuse
Qu'en son éveil si doux l'aurore voit s'ouvrir.
C'est la fleur qui sourit à notre âme rêveuse
Et que nos doigts émus sont heureux de cueillir.

La rose est la fleur charmante
Que l'avril montre en passant
Eclose comme une amante
Sous son baiser caressant.

C'est la fleur que la jeunesse
Effeuille en voulant l'offrir,
Que, plus sage, la vieillesse
Garde comme un souvenir.

Et c'est la fleur plus vermeille
Qu'ici-bas pour s'embellir
Le Printemps, dans sa corbeille,
D'un souffle fait resplendir...

C'est sur un seuil, parfois, que fleurit une rose.
Blonde aux yeux que l'azur emplit de sa douceur,
C'est la fleur du foyer dans la tendresse éclose,
Dont le front qui rayonne est voilé de candeur.

C'est la fleur la plus aimée.
C'est la reine d'un séjour
Où chacun, l'âme charmée,
Lui tresse un collier d'amour.

Des clartés d'aube légère
Auréolent sa beauté.
C'est un ange sur la terre
D'un ciel riant apporté.

Dans son regard luit la flamme
Où parmi des rayons d'or
Passe un reflet de son âme
Qui nous présente un trésor.

Son cœur bat, toujours plus tendre,
Et le soir, dans son berceau,
Un papillon pour l'entendre
Vient mettre un rêve nouveau.

Et c'est la vierge admirée
Dont l'attrait brille à nos yeux :
La Rose aux charmes joyeux
Dont la demeure est parée.

# ROSE BLANCHE

Viens, que je te dise, ô divine rose,
Fleur qu'en mon chemin,
Toute frêle, n'ose
Effleurer ma main ;

Viens quand tout s'éveille
Aux matins brillants,
Quand l'aube vermeille
Avec ses rayons nous donne ses chants ;

Viens que je te dise, ô ma rose blanche,
Ce qu'au renouveau
Gazouille en son nid posé sur la branche,
Le petit oiseau ;

Viens que je te dise, ô ma rose aimée,
Au bord du sillon,
Ce qu'en son baiser la fleur parfumée
Dit au papillon ;

Viens que je te dise, ô mignonne reine,
Ce que dit parfois près du bois ombreux
La brise qui fait avec son haleine
Flotter tes cheveux,

O viens écouter, rose printanière.
Aux lèvres de flamme, au regard si doux,
Les mots attendris que dans ma prière
Je mets à genoux ;

O viens, que ton cœur, rose que j'adore,
Écoute passer l'essain des aveux
Dont là-haut l'étoile aime entendre encore
L'envol radieux ;

O viens écouter le divin poëme
Que tout près de nous l'écho du sentier
Quand nous l'entendons murmurer : « Je t'aime »
Redit tout entier.

C'est ce chant tout plein d'ivresse infinie
Qu'au Rêve éternel chantent les amours
Que mon cœur voudrait, ma rose bénie,
Te dire toujours !

# ROSE DE LA PRAIRIE

Rose, que l'aube éveille
A l'appel de l'oiseau,
Au pré qui s'ensoleille
Promène son râteau.

De sa plus douce haleine
Le Zéphyr en passant
Lui donne dans la plaine
Un baiser caressant.

De son pas de sylphide
Et glissant et léger,
Plus lente ou plus rapide
On la voit voltiger.

Sa blonde chevelure
Déroule au vent ses plis
Qu'ornent de leur parure
Les pétales meurtris.

Elle va dans l'aurore,
Le geste gracieux,
Le teint plus rose encore,
Le front plus radieux.

Elle amasse, grisée,
L'herbe aux tendres couleurs
Où chaque fleur brisée
Semble mettre des pleurs.

Elle amasse, elle amasse,
Et pour plaire au pinson
Sur le foin qu'elle entasse
Elle met sa chanson.

Reine de la prairie
Aux plus charmants atours
Sa voix monte attendrie
Et chante ses amours.

Et quand Rose, plus belle,
S'arrête sous nos yeux,
Son sourire se mêle
Au sourire des cieux.

# A MA ROSE

Puisque sur la terre
J'ai lu dans tes yeux,
Si clairs et si bleus,
L'éternel mystère ;

Puisque la douceur
D'un regard de flamme
Glisse dans mon âme
Un rayon vainqueur ;

Puisque, ami fidèle,
Un papillon d'or
En mon ciel encor
Promène son aile,

Et fait à mes yeux,
Dissipant un voile,
Paraître une étoile
Au front radieux ;

Viens quand tout rayonne
D'un espoir nouveau,
Quand au nid l'oiseau
Doucement frissonne ;

Viens, que sur tes pas
De reine éblouie,
Rose épanouie,
Je puisse, tout bas,

Egrener sans cesse,
Ainsi que des fleurs
Aux riches couleurs,
Des mots de tendresse.

Quand ta sœur d'un jour,
La fleur parfumée,
O ma rose aimée,
Sourit à l'amour,

O viens ! que ma lèvre
Du feu des baisers
Jamais apaisés
Connaisse la fièvre.

Qu'aux divins bonheurs
L'immortelle ivresse
Dans une caresse
Emporte nos cœurs !

# ROSE PERDUE

Où donc es-tu, charmante rose,
Où donc est ton éclat vermeil
Ô fleur qui de ma chambre close
A fait un nid plein de soleil ;

Où donc es-tu rose plus belle
Qu'un luth chantait parmi les fleurs,
Reine dont le baiser fidèle
De mes yeux effaçait les pleurs ;

Ô radieuse et douce amie
Qui de mon espoir abattu
Rallumait l'étoile endormie,
Rose que j'aime, où donc es-tu ?

Sur mon sein je respire encore
Le parfum que tu m'as laissé
Que mon regard, fleur que j'adore,
Cherche où ton sourire a passé.

Devant la clarté qui se lève
C'est un ardent et doux aveu
Qu'en priant te porte mon rêve,
Ô ma rose aux lèvres de feu...

Mais ta voix, rose que j'appelle,
Plus tendre à ma plainte répond,
Pendant qu'aux envols de son aile
Ta pensée effleure mon front.

Mon âme, ô sœur, avec ton âme
Se mêle en un souffle enchanteur,
Et comme une haleine de flamme
Tout près du mien je sens ton cœur.

Oh ! reviens, rose plus divine,
Présent que le ciel m'a donné
Pour qu'un poëte qui chemine
Ne soit sans fleur abandonné.

Reviens, qu'une aube lumineuse
Dont le matin s'avive encor
Nous montre la route joyeuse
Qui va fleurir les astres d'or.

Reviens, reviens, rose bénie,
Reviens resplendir en mon jour,
Fleur dont la tendresse infinie
M'attache à l'éternel amour !

# PRÈS D'ELLE

J'allais, le front voilé, dans l'ombre du chemin,
Chaque jour un peu plus me penchant vers la terre ;
Mais d'un ange ici-bas j'ai rencontré la main,
Et son nom tendrement se mêle à ma prière.

D'un pas lourd et tremblant j'allais parmi les fleurs
Sans voir que du printemps la corbeille est éclose ;
Mais une reine vint, pour essuyer mes pleurs,
A mes lèvres offrir le baiser d'une Rose.

Le regard obscurci, j'allais sous le ciel bleu,
Que la nuit, lentement, recouvrait de son voile ;
Mais dans l'ardent éclat de ses rayons de feux,
Mes yeux ont vu briller le regard d'une étoile.

Ma voix, éperdument, aux échos d'alentour
Sans cesse allait crier la peine de ma vie ;
Mais sa voix, dans un chant d'espérance et d'amour,
Mêle à l'écho divin sa douceur infinie.

Mon cœur, las et meurtri, voulait se refermer,
L'orage avait brisé les essors de mon âme,
Mais mon cœur bat plus fort et s'ouvre pour aimer ;
Et mon âme, près *d'Elle*, a des ailes de flamme !

# EXTRAITS DU LIVRE

DE

# MARINETTE

# MARINETTE

Sur ma route, ici-bas, j'ai vu des fleurs brillantes,
Devant mon front pensif sous la peine penché,
M'offrir, avec des noms et de sœurs et d'amantes,
L'Idéal que mon rêve avait en vain cherché.

La rose m'a donné sa lèvre frémissante
Et ses parfums troublants, pour combler mon désir ;
Mais ces banquets, hélas ! n'ont à mon âme absente
Laissé qu'un amer souvenir.

J'ai chanté, parfois, l'étoile éclatante
Dont la flamme éblouit les cieux ;
Mais ma lyre à jamais te chante
O ma blonde étoile au front radieux.

J'ai pris un instant la reine fleurie,
Dont l'attrait charmant ne dure qu'un jour,
Toi seule à présent, fleurette bénie,
Tu mets dans mon cœur l'éternel amour.

C'est toi que je cherche aux feux de l'aurore
Lorsqu'à mon réveil
Mes yeux en s'ouvrant veulent être encore
Baignés de soleil.

C'est toi que j'écoute, ô blanche colombe,
Dans les verts sentiers des champs et des bois.
Ton pas, c'est parfois la feuille qui tombe...
Dans un chant d'oiseau je trouve ta voix.

Et quand ton clair regard parmi les fleurs écloses,
Où volent d'amoureux et légers papillons,
Fait devant son éclat s'effacer les rayons.
Des ailes et des roses.

O doux ange venu de l'azur constellé,
De clarté divine ô tendre semeuse,
Au fond de tes yeux mon jour désolé
Voit luire une aube radieuse...

Oui je veux te chanter, ô toi qui me souris
Dans l'ombre où je me plonge ;
Ma voix t'apportera les accents attendris
Trouvés dans l'extase d'un songe.

C'est à toi toujours, ô ma vierge aimée,
Qu'à genoux j'offrirai
La gerbe de fleurs fraiche et parfumée
Où flotte et s'enroule un ruban doré.

C'est toi qui seras la muse dont l'aile
Tout près de mon cœur
Fera voltiger, légère et fidèle,
Son rayon vainqueur.

C'est pour toi que je veux tresser une couronne
Dont les joyaux, mêlés aux perles du matin,
Du flot des astres d'or dont la splendeur rayonne
Feront pâlir l'écrin !

# MARINETTE

Les roses m'ont dit : Viens, effeuille nos corolles,
Respire nos parfums, admire nos couleurs :
A quoi bon dit mon cœur à ces tendresses folles,
Et puisque j'ai ses yeux, qu'ai-je besoin de fleurs ?

Les papillons m'ont dit : Nous déployons nos ailes,
Viens regarder nos vols légers et gracieux :
Puis-je m'apercevoir que vos robes sont belles
Quand je vois voltiger le regard de ses yeux ?

Veux-tu, m'a dit parfois le diamant superbe
Être ainsi que les rois ébloui de mes feux ?
Pourquoi de tes rayons envierais-je la gerbe
Puisque j'ai pour me luire un rayon de ses yeux ?

Veux-tu, m'a dit la voix bien douce d'une étoile,
Recevoir ma clarté sous l'azur radieux ?
Non, puisqu'en mon chemin d'où s'efface le voile
A toute heure du jour j'ai l'éclat de ses yeux.

Veux-tu, m'ont dit en chœur les beautés de la terre,
Que l'Amour ici-bas enfin comble tes vœux ?
Non, nul baiser d'amante, ou de sœur ou de mère,
N'est plus doux que celui que je prends sur ses yeux.

Veux-tu, m'a dit là-haut, la divine parole,
Voir l'éclair t'emporter dans la splendeur des cieux ?
Non, si mon âme un jour dans l'Infini s'envole
Elle aura pour flambeau la flamme de ses yeux.

## RÊVERIES

Que m'apportez-vous, regards radieux
De l'étoile d'or, sous le ciel limpide ?
« C'est, pour contenter ton regard avide,
« Un rayon brillant qui vient de ses yeux. »

Que m'apportez-vous, d'une aile pressée,
Fauvettes, pinsons et doux rossignols ?
« C'est ce qu'elle a mis pour toi dans nos vols :
« Moi j'ai son sourire, et moi sa pensée. »

Que m'apportez-vous, papillons d'amour
Dont l'éclat de feu dans l'azur se lève ?
« Les baisers divins, que de loin son rêve
« T'adresse, en comptant les heures du jour. »

Avec votre haleine et douce et brûlante
Que mon cœur écoute avec un soupir,
Que m'apportez-vous, souffles du zéphyr ?
« C'est, prise en passant, sa voix caressante. »

Et toi, gracieuse et charmante fleur,
De la pureté rayonnante image,
Que m'apportes-tu ? J'entends ton langage :
« Mon calice blanc t'apporte son cœur ! »

# MARINETTE

Oui, j'entends ta voix, blonde Marinette,
Doux ange qui veut aux édens fleuris
Prendre de mes doigts à tes vœux soumis
La riche cueillette...

Un jour à genoux, reine, j'ai promis
Que les fleurs écloses
Les lis et les roses
Mêlant leurs riants et frais coloris,

Comme une couronne
Aux mille joyaux faits de neige et d'or
Viendraient ceindre encor
Ton front qui rayonne.

Mon âme avec toi sur l'aile de feu
D'une muse ardente,
O divine amante,
A pris son envol vers l'horizon bleu;

Et c'est devant un ciel embelli de mystère
Où monte une ivresse d'encens
Que tu viens de mon luth, loin des yeux de la terre,
Ecouter les accents...

Mais ta prière ignore, ô tendre Marinette,
Qu'en mon sein s'étend le pli des douleurs,
Et qu'une ombre fait se pencher ma tête
Et qu'à mon souris se mêlent des pleurs.

Nul écho ne t'a dit la blessure profonde
Qui fait saigner mon cœur
O beauté que mon rêve aux sommets de ce monde
Emporte en son élan vainqueur.

Ta candeur ne sait pas que la main qui moissonne
Se lasse, et qu'elle attend que la main d'une sœur
Et se tende fidèle et sans cesse redonne
A la faucille d'or sa force et sa douceur...

Vois, quand l'aurore nait et que l'oiseau s'éveille,
Aux instants où la brise égrène sa chanson,
Vois, dans un songe ailé, l'idéale moisson
Dont chaque épi te montre une glane vermeille.

Vois, ornant ton écrin, de nouveau resplendir,
Aux plaines de la terre et dans l'azur semées,
Ces parures de flamme heureuses de s'offrir
Et ces guirlandes parfumées.

Regarde le flot des tons éclatants,
Calices dorés et corolles blanches ;
Dans la gerbe de ton printemps
Vois l'étoile éclore auprès des pervenches.

Veux-tu que la corbeille aux célestes couleurs,
Sous les souffles divins que ton âme aime entendre,
Laisse encore ses parfums ses rayons et ses fleurs
A tes pieds se répandre ?

Que tes doigts, sur mon front, d'un geste virginal
Dont la caresse efface un voile qui le couvre,
Avec le doux éclat de la rose qui s'ouvre
Apportent le reflet d'un rayon matinal.

Que ton regard s'attache à mon regard qui tremble,
Afin que le soleil qui brille dans tes yeux
Nous fasse retrouver, avec l'aube des cieux,
La clarté radieuse où nos pas vont ensemble.

Que ton cœur près du mien vienne dans un soupir,
O Marinette aimée, ô ma muse bénie,
Exhaler un serment de tendresse infinie,
Que ton baiser d'amour soit mon seul souvenir.

# LA PRIÈRE DES AMOUREUX

O toi qui reçois nos vœux,
Laisse-nous, ô Père,
Nous aimer seuls tous les deux
Sur la terre.

Si tu voulais exaucer
Notre humble prière,
Nos pleurs pourraient s'effacer
Sur la terre.

Avec ses rêves ailés
Vénus pour nous plaire
Viendrait des lieux étoilés
Sur la terre.

Dans un écrin merveilleux
Les fleurs du parterre
Resplendiraient à nos yeux
Sur la terre.

L'aube nous verrait, grisés
D'ardeur printanière,
Boire aux coupes des baisers
Sur la terre.

L'ardente étoile des nuits,
Rayon tutélaire,
Garderait nos cœurs unis
Sur la terre.

On graverait nos serments
En traits de lumière
Au livre d'or des amants
Sur la terre.

On écouterait les cieux
Chanter le mystère
De notre éden radieux
Sur la terre.

Tu bénirais nos amours
Qu'un soleil éclaire,
Afin qu'ils durent toujours
Sur la terre.

# EXTRAITS DU LIVRE

DES

# POÉSIES DIVERSES

# LANGAGE DE FLEURS

Ô vous qui laissez, mignonnes fleurettes,
Paraître à mes yeux vos charmes si doux,
Pétales rosés, fraîches collerettes,
O fleurs du printemps, que me dites-vous ?

Quand votre langage et pur et candide
A votre parfum mêle sa douceur,
Je sens près de vous, de bonheur avide,
Un rayon d'espoir entrer dans mon cœur.

Vous parlez de l'ange aux doigts roses
Au regard tout plein de ciel bleu,
Qui vint en rougissant un peu,
M'offrir vos corolles écloses.

Votre voix, que j'écoute encor,
M'apprend que sa lèvre de flamme
A dans un baiser mis son âme
Au fond de vos calices d'or.

Et vous me dites, fleurs premières
Qu'en mon sein je veux enfermer,
Qu'avec les roses printanières,
Les cœurs s'éveillent pour aimer.

# BERGERONNETTE

Viens, petite bergeronnette,
Dans ton clair et gai mantelet,
Viens, regarde, approche, volette,
O charmant petit oiselet.

Viens, petite bergeronnette,
Sur ma fenêtre ramasser
La graine de mil ou la miette
Que ma main pour toi va laisser.

Viens, petite bergeronnette,
O toi qu'avec l'aube j'attends,
Viens me parler, ô mignonnette,
De l'éveil joyeux du printemps.

Viens, petite bergeronnette,
Viens, quand l'hiver dure toujours,
Viens à mon cœur qui le regrette
Rappeler le temps des amours.

Viens m'apprendre, enfin, que les roses,
Ainsi qu'en leurs nids les oiseaux,
Bientôt vont se dire des choses...
Que suivront des baisers nouveaux.

Mais surtout, ô bergeronnette,
Oh ! dis, ne va pas oublier
D'aller au seuil de la chambrette
Où le froid glace le foyer.

Va, petite bergeronnette,
Cours, vole aux humbles, aux petits
Que trop de misère inquiète,
Annoncer les beaux jours promis.

Vole, ô messagère fidèle,
Vole en emportant sous les cieux
Les rayons d'espoir que ton aile
Sème, en passant, devant nos yeux.

# A UN TOUT JEUNE POÈTE

Déjà vos regards d'écolier
Qu'un doux rêve embellit encore,
Voient l'éveil riant d'une aurore
Qu'avive un souffle printanier.

La blonde et douce poësie
En passant sur votre chemin
Vous aime et vous donne la main,
Et vous offre son ambroisie.

Sous un ciel plein d'or et d'azur
Où pour vous elle a mis des roses
La plus belle des fleurs écloses
Répand son parfum le plus pur...

Que sans cesse la muse ailée
Vous laisse en un brillant cristal
Boire aux sources de l'idéal,
Parmi les chants de la vallée.

Aimez, enfant, aimez toujours
Cette vierge aux lèvres ardentes
Que la déesse des amours
Nomme la reine des amantes.

Rêvez, chantez, sur le sein nu
D'une compagne enchanteresse
Cherchez le bonheur inconnu
Qui met au cœur la sainte ivresse.

Dans un ardent et doux essor
Laissez sur ses ailes de flamme
Vers la clarté des astres d'or
Doucement s'envoler votre âme.

Que sur votre front son baiser,
D'un pli sombre écartant le voile,
Dans un rayonnement d'étoile
Tendrement vienne se poser.

# MUGUET

Ciel ! qu'on est heureux
De cueillir à deux,
A l'ombre des branches,
O divin muguet
Qu'on met en bouquet,
Tes fleurettes blanches.

Aux sentiers des bois
Brillent à nos doigts,
En gerbes coquettes,
Ravissant nos yeux,
Ton flot gracieux
De frêles clochettes.

Des rêves d'Avril
Ton parfum subtil
Avive la flamme,
Et fait tendrement
D'un bonheur charmant
Se griser notre âme...

Mais il est pour nous
Un bonheur plus doux
Que celui-là même,
O divin muguet
Qu'on met en bouquet :
C'est d'aller t'offrir à ceux que l'on aime !

# BOUQUET DE HOUX

Garde ton fruit d'or,
O charmant arbuste,
Sous ta feuille encor
Et verte et robuste,
Garde ton fruit d'or
Si frais et si rose
Que pour Messidor
On prendrait Nivôse.

Près du chêne ombreux
Où rêve notre âme,
Montre aux amoureux
Tes rubis de flamme,
Fais que tes joyaux
Parmi le feuillage
Rayonnent plus beaux
Sur un blanc corsage.

Quand l'hiver paraît,
Glaçant la ramure,
Laisse à la forêt
Ta fraîche parure.
Que ma main parfois,
Rougissant ta feuille,
Au fond des grands bois
Pour Elle te cueille.

Comme nos amours
Fais que ta verdure
Pendant de longs jours
Soit vivace et pure.
Garde ton fruit d'or
Si frais et si rose
Que pour Messidor
On prendrait Nivôse.

# AUX JEUNES POÈTES
## FÊTANT LE CENTENAIRE DE VICTOR HUGO

Saluez, saluez en vous donnant la main,
Jeunes fils de la muse à l'âme douce et fière,
L'Ancêtre dont les pas sur des monts de lumière,
Eveillant les échos, vous montre le chemin.

Inclinez-vous, pensifs, devant son front d'airain.
Que votre ardent amour soulevant sa paupière,
Il tressaille d'espoir, sur le socle de pierre,
En voyant que son rêve est le Grand Rêve humain.

Écoutez, il vous parle : « Ouvrez, ouvrez vos ailes,
« Dans les sentiers déserts ne vous attardez pas
« Quand brillent à vos yeux les aubes éternelles.

« Allez, afin qu'un jour les âmes ici-bas,
« S'embrasant à vos voix du feu qui les enflamme,
« A force de s'aimer ne soient qu'une seule âme ! »

## FLEURETTE

Dis, veux-tu, mignonne fleur
Qui trop candide se cache,
Et pour laquelle mon cœur
Vient de sentir une attache,

Dis, veux-tu, loin de l'embrun,
Qu'oubliant ta sœur la rose,
O petite fleur éclose,
Je respire ton parfum ?

Dis, veux-tu, charmante abeille
Dont l'envol fait à mes yeux
Tout pleins d'azur radieux
Luire une aube qui s'éveille,

Dis, veux-tu que dans mon ciel
Ton aile aux rayons de flamme
Sans cesse apporte son miel
Au rêve ardent de mon âme ?

Dis, veux-tu, petit oiseau
Dont la voix que j'aime entendre
Se fait plus douce et plus tendre
Que les chants de mon berceau,

Dis, veux-tu, sous l'arbre rose
Qu'un souffle d'Avril bénit,
Dis, veux-tu que dans ton nid
Près de toi je me repose ?

Dis, veux-tu, doux papillon
Qu'apporte un léger zéphire,
Et dont parfois le sillon
Voit voltiger le sourire,

Dis, veux-tu qu'au sein du jour,
Amants joyeux et fidèles,
Ensemble on brûle nos ailes
Aux feux divins de l'amour ?

# VIOLETTE D'HIVER

Moins clément que les vents du ciel,
Du feuillage où j'étais blottie
Pourquoi m'enlever, ô cruel ?
— Que veux-tu ? c'est pour mon amie.

C'est pour toi qu'aux rayons du jour
Mon parfum mêle sa tendresse...
Dis, pourquoi blesser mon amour ?
— C'est que je tiens une promesse.

Si tu souffres de ma douleur,
Que ton cœur s'ouvre à ma demande :
Ne meurtris pas une humble fleur...
— C'est mon cœur qui me le commande.

Pourquoi m'arracher de l'abri
Où la violette est cachée
Pour que Décembre soit fleuri ?
— Pour être à sa robe attachée.

O toi qui protèges mes sœurs,
A ton serment reste fidèle :
Que ton âme entende mes pleurs...
— Oh ! pardonne-moi... c'est pour Elle !

# ADIEUX AUX BOIS...

Pourquoi pleurez-vous, ô beaux arbres verts,
Dans la forêt sombre,
Pourquoi vos rameaux semblent-ils couverts
D'un voile plein d'ombre ?

Beaux arbres touffus, j'entends des sanglots
Dans votre feuillage,
Où sont vos chansons, où sont vos oiseaux
Au tendre ramage ?

Pourquoi pleurez-vous beaux arbres géants,
Pourquoi la tristesse
Vient-elle effacer ainsi des instants
D'ineffable ivresse ?...

C'est mon âme, hélas ! qui de votre adieu
Sentant la souffrance,
Sanglote et gémit de quitter ce lieu
Plein de souvenance !

Ainsi que le lierre au chêne enlacé
Qu'un jour on arrache,
Mon cœur, à présent seul et délaissé,
Pleure son attache !

## SONNET

L'Amour leur avait dit, de sa parole ardente,
« Aimez-vous, aimez-vous, la vie est un éclair.
« Aimez-vous quand vos yeux ont le bleu du ciel clair
« Et vos lèvres l'éclat de la rose odorante.

« Aimez-vous, aimez-vous, quand l'aurore brillante
« Met des fleurs sous vos pas et des chansons dans l'air,
« Aimez-vous, aimez-vous : sur ses ailes de fer
« Le Temps va de vos jours commencer la descente !

« Aimez-vous, aimez-vous, quand c'est l'heure d'aimer ;
« Du rayon qu'à mon souffle on a vu s'allumer
« L'ombre à pas de géant vient éteindre la flamme ! »

Quelle fée arrêta de son souhait glacé
Les élans de leur cœur et le feu de leur âme ?
L'Amour a pris son vol et le Temps est passé !

# A MADAME T...

Le Temps dans l'Infini montre partout sa trace,
Et c'est l'astre ou la fleur qu'il a fait se ternir.
De la terre et du ciel les rayons qu'il efface
Aux ombres du Passé s'en vont se réunir.

Mais le faucheur géant dont l'immense faulx passe
Et que d'un voile épais l'Oubli veut recouvrir,
Dans son vol fait aussi, d'une aile jamais lasse,
Se graver dans nos cœurs l'éternel souvenir !

Et comme à votre front chacune des années
Vient ajouter sa rose aux couronnes données
Pour embellir encor son éclat radieux,

Chaque heure ajoute un trait d'une beauté suprême
A cette image d'or qui rayonne à nos yeux,
Et qu'enferme notre âme, ô reine que l'on aime.

## A S...

Il manquait au printemps pour faire sa corbeille
Une rose plus belle aux plus tendres couleurs,
Et la fée à nos yeux montre la fleur vermeille
Dont l'éclat fait pâlir la beauté de ses sœurs.

La terre demandait une clarté nouvelle,
Et la fée alluma de ses doigts radieux
Dans un regard d'enfant l'aube claire et fidèle
Qui met du jour dans l'âme et de l'azur aux cieux.

Il y avait là-haut, entre les plus beaux anges,
Un ange que la fée a trouvé le plus beau ;
On le voit ici-bas sourire dans ses langes
Et nous tendre les bras au fond de son berceau !

# MESSIDOR

Sans compter, le beau Messidor,
Donnant un sourire à la terre,
D'une main prodigue et légère
Sur nos champs a versé son or.

Il fait à sa brûlante haleine
Se mêler un charmant frisson,
Et c'est, ô divine chanson,
Le salut des blés dans la plaine.

Sous l'ardent éclat de ses feux,
Que l'aile des brises caresse,
L'épi, tout chargé de richesse,
Déroule ses flots radieux.

Bénissant les clartés fécondes,
Pour fêter ces présents nouveaux
La flamme des coquelicots
S'allume au sein des vagues blondes.

Et de l'aube à la fin du jour,
Montant harmonieuse et tendre,
La voix des moissons fait entendre
L'hymne d'allégresse et d'amour...

Sans cesse, au sein de son aurore,
Un ciel riant voit resplendir,
Parmi les souffles du Zéphyr,
Les dons qu'il embellit encore...

Mais voici l'éclatant matin
Qui laisse en ces tiges dorées
Sous ses attaques mesurées
Le faucheur frayer son chemin.

Partout, au soleil qui rayonne,
Embrasant les sillons bénis,
S'entasse à nos yeux éblouis
Un trésor que Cérès nous donne.

La gerbe, en des envols d'oiseaux,
Offre à la rustique charrette
Sa blonde et riche collerette
Qui reçoit l'adieu des ormeaux.

Puis, dans un bruit d'ailes joyeuses,
Venant ramasser les épis
Par la faulx aux glanes promis,
Passent des essaims de glaneuses !

# FLEURS... DE RECONNAISSANCE

Prenez ces fleurs d'or et de neige
Qu'avec nos souhaits nous offrons,
Ange dont la main nous protège
Et met des clartés à nos fronts.

Dans ces gracieuses corbeilles
Que font les calices penchés,
Comme en un vol léger d'abeilles
Des vœux émus se sont cachés.

Chacune des frêles corolles
Mêle à son parfum le plus doux
De tendres et douces paroles,
Et cet encens monte vers vous.

Ecoutez-les, ces fleurs écloses
Aux baisers des zéphirs vainqueurs,
Auprès des lilas et des roses
Ecoutez la voix de nos cœurs.

Est-ce un chant, est-ce une prière,
Qui s'élève en mots radieux ?
Cet hymne vient-il de la terre
Ou bien de l'étoile des cieux ?

C'est un souffle d'aile ou de flamme
Qui vous apporte avec amour
Ce que nos lèvres et notre âme
De loin vous disent chaque jour.

Dans un rayon d'aube infinie,
Ecoutez, écoutez encor
Cette voix jamais endormie
Des pétales de neige et d'or !

# MIREILLE

Tes fleurs ont des parfums, ô plus belle Provence,
Que les roses n'ont pas au froid de nos pays.
Les rayons de ton ciel à nos yeux éblouis
Sont les plus beaux que donne un beau soleil de France.

O terre dont le cœur garde la souvenance,
Où les rêves d'amour à tes sources jaillis,
De ton front qui rayonne à ton divin souris,
Voltigent en passant, tout fleuris d'espérance.

Au sein d'une richesse où s'irisent les feux
De mille diamants à l'éclat radieux
Vois une perle d'or briller dans ta corbeille ;

Sa beauté fait pâlir l'aile des papillons,
Et c'est avec tes fleurs, tes roses, tes rayons,
Ton azur et tes lys, que l'on a fait Mireille !

# LE RUISSEAU

Laisse, ô ruisselet limpide et charmant,
Ton eau cristalline
Sur son lit rocheux descendre gaîment
L'ombreuse colline.

Oh ! que j'aime à voir sur les fins cailloux
De grès ou de jade
Tes perles d'argent au reflet si doux
Tomber en cascade.

Mon regard rêveur admire toujours
Ta clarté changeante,
Et sans me lasser j'entends de ton cours
La voix caressante.

Au creux du ravin, près du saule assis,
Parfois je me penche
Pour mettre en bouquet sur tes bords fleuris
La frêle pervenche.

Ou, sous le couvert promenant mes vœux
Dans l'étroite sente,
Mon pas suit, léger, ton flot gracieux,
Source murmurante.

Ton rythme enchanteur me parle de ceux
Dont ta fraîche haleine
En les reposant a pris les aveux
D'espoir ou de peine

Il dit que des cœurs qu'oppresse un soupir,
Des âmes pensives,
Viennent retrouver le cher souvenir
Laissé sur tes rives...

O clair ruisselet, vers ton onde encor,
Près de ceux qu'elle aime,
Mon âme, aux rayons de son aile d'or,
S'envole de même.

Devant ton ruban d'azur déroulé,
Qui m'offre ses charmes,
J'écoute un concert par instants mêlé
De rire et de larmes.

Et ton chant si pur, ô ruisseau jaseur
Qu'on accourt entendre,
D'une heure bénie éveille en mon cœur
L'écho doux et tendre !

# SALUT A MILIE

Dans un baiser plus caressant,
La brise à l'haleine si douce
A dit à la rose en passant :
Pourquoi dans ta gaîne de mousse,
O fleur que Mai fait tressaillir,
Laisser ta corolle endormie ?
— « C'est sa main qui doit me cueillir :
« Je dors en attendant Milie...

L'ombre du soir au rossignol
Qu'écoutait l'aubépine blanche
Demande sa voix et son vol ;
Et l'oiseau répond sur la branche :
— « Je garde mon chant le plus beau,
« Ma note la plus attendrie ;
« Je veux un poème nouveau,
« Je rêve en attendant Milie. »

Pourquoi t'attrister, ô mon cœur,
Quant vêtu d'aube heureuse et claire,
Le Printemps, radieux semeur,
Donne son sourire à la terre ?
— « Dans l'immense et brillant réveil,
« Là-haut l'étoile est obscurcie,
« Je cherche un rayon de soleil ;
« Je pleure en attendant Milie ».

Mais voici qu'un souffle divin
Répand son parfum de tendresse
Parmi les roses du chemin,
Sous un ciel tout plein d'allégresse.
Ma lyre en des accords vibrants
D'ardente et douce poésie,
Aux échos mêle ses accents :
Et c'est le Salut à Milie !

# BOUQUET DE MUGUET

O charmant Muguet
Qu'une main de fée
De ciel attifée
A mis en bouquet,

O fleurs parfumées
Qui venez m'offrir
Un doux souvenir
Des heures aimées,

Reines qu'un zéphyr
Aux souffles fidèles
A faites plus belles
Pour vous endormir,

Doucement pressées
Entre le vélin
Du livre où ma main
Jette mes pensées,

Pendant que j'entrouvre, ô divines fleurs,
La page où parfois dans un rêve écloses,
Pour effacer l'ombre ou sécher les pleurs,
J'ai semé des roses ;

Je veux respirer vos calices blancs
Eclos au matin parmi le feuillage,
Et puis écouter sous mes doigts tremblants
Leur joyeux langage.

Près de vous mon cœur,
Fleurettes que j'aime,
Entend la douceur
D'un riant poème ;

Et malgré le temps
Quand sous les années
Vous serez fanées,
O fleurs du printemps,

Vos tendres paroles
Reviendront toujours
Chanter nos amours,
O fraîches corolles !

# A L'ANGE QUI PASSE

Vos pas en ce lieu,
O reine, sont cause
Que le ciel est bleu,
Que l'aurore est rose.

Près de vous la fleur
Qui s'était fermée
Reprend sa couleur
Fraîche et parfumée.

Le joyeux pinson
Donne à la plus belle
Avec sa chanson
L'aubade nouvelle.

Les papillons d'or
Dont l'aile était close
Voltigent encor
Autour d'une rose.

Les humbles grillons
Que l'herbe nous voile
Sortent des sillons
Pour voir une étoile.

Et mon cœur comme eux
Cherche encor la trace
Des pas radieux
De l'ange qui passe !

# LE VIEUX MOULIN

Le vieux moulin sur la colline
Semble rêver au temps lointain
Où le meunier, blanc de farine,
Joyeux venait moudre son grain.
Il tournait, aux saisons passées,
Au moindre souffle du zéphyr.
Aujourd'hui, ses ailes blessées
Au vent ne font plus que gémir.

Jadis, le moulin solitaire
En riant écrasait le blé ;
Il penche, à présent, vers la terre ;
Son gai tic-tac s'est envolé.
Et les mille rameaux des lierres
Qu'il a vus s'appuyer sur lui,
A leur tour soutiennent ses pierres
Qui crouleraient sans leur appui.

Maintenant, chaque aurore ajoute,
En passant sur le vieux moulin,
Une plainte à celle qu'écoute
Un ingrat qu'il appelle en vain ;
Et pareil à ceux qu'on oublie
Et qu'une main rude a frappé,
Il s'est de tristesse infinie
Sur sa hauteur enveloppé.

Mais le vieux moulin, de ses ailes
Où la mort va poser le doigt,
De loin fait signe aux hirondelles
De venir égayer son toit.
Puisque les hommes l'abandonnent
Il aime des amis nouveaux,
Qui pour le consoler lui donnent
Des nids avec des chants d'oiseaux !

# LUCETTE ET LUCIE

Quelle est cette grande sœur
Qui se drape en sa grandeur
Comme une reine accomplie ?
C'est Lucie.

La petite aux yeux d'azur,
Sa sœur bessonne à coup sûr,
Et qui n'est qu'une fillette ?
C'est Lucette.

Celle dont le front hautain
S'ombre d'un pli de chagrin
Sous les souffles de la vie ?
C'est Lucie.

Celle qui, le front serein,
Sans penser au lendemain
Gazouille avec la fauvette ?
C'est Lucette.

Celle qui, sur la hauteur,
Devant le rayon vainqueur
Garde son âme assombrie ?
C'est Lucie.

Celle qui, sur le chemin,
Voit l'étoile du matin
Qui sur sont front se reflète ?
C'est Lucette.

Celle qui sur le pavé
A l'obstacle soulevé
Se heurte et semble meurtrie ?
C'est Lucie.

Celle qui marche sans peur
En fixant une lueur
Et que nul souci n'arrête ?
C'est Lucette.

Celle qui sent dans son cœur
Les glaives de la douleur
Et sous la blessure crie ?
C'est Lucie.

Celle qui, d'un cœur léger,
Sur son chagrin passager
D'espoirs fait une cueillette ?
C'est Lucette.

Celle qui, parmi les fleurs,
Cherche, en retenant ses pleurs
La divine poésie ?
C'est Lucie.

Celle qui, dans les sillons,
Vole avec les papillons
Pour cueillir une fleurette ?
C'est Lucette.

Celle qui, sur son coussin,
Pour mieux sonder le destin
En rêvant s'est endormie ?
C'est Lucie.

Celle qui, devant le sort,
Se couche en riant plus fort
Et s'éveille plus coquette ?
        C'est Lucette.

Et celles qui font, à deux,
Que mon cœur brûle des feux
D'une tendresse infinie ?
    C'est Lucette avec Lucie !

# LOULOU

C'est le soir. La maison se recueille, blottie
Entre ses pampres verts, ses champs et sa prairie,
Et seule en son berceau Loulou va s'endormir...
Elle a trois ans, Loulou. Les blés qu'ont voit mûrir
Sont blonds comme elle, et la neige est moins blanche
Que son front qui déjà sur l'oreiller se penche
Mais son cœur où s'éveille un plus charmant désir,
Laisse encor, dans un souffle ailé de souvenir,
Voltiger sur sa lèvre un nom qu'en sa prière
Elle vêt tendrement d'un rayon de lumière,
Et sous l'effort vainqueur le sommeil va s'enfuir
Devant un pas qu'elle aime et qu'elle entend venir...
Bientôt la porte s'ouvre, et l'ami qui s'avance
Voit se tendre deux bras, et le babil commence :
Viens donc, donne un gâteau. *Tu l'en as du sent bon ?*
Puis une grande image, et puis un gros bonbon ?
*Attends ! veux l'en trouver.* Et l'enfant dans ma poche
Cherche et fouille gaîment, sans craindre le reproche
Elle a pris en riant le parfum que sur nous
Ses doigts aiment répandre, et qui se fait plus doux.
Elle goûte à présent, peut-être un peu gourmande,
Après le chocolat, les gâteaux à l'amende.
Elle écoute ma montre égrener son tic-tac,
Et ses yeux, bleus et purs comme les eaux d'un lac,
Quant son regard brillant sur le cadran se pose,
Semblent regarder l'heure où s'éveille la rose...
Mais la voici l'image où Loulou voit sa sœur
Qui lui donne un sourire où se mêle une fleur,
Et que dans son lit blanc elle va, tout heureuse,

Mettre avec un baiser de sa lèvre joyeuse...
Maintenant elle joue, et sur son nez mignon,
Pour faire *La Madame*, ajuste mon lorgnon.
Après que sur sa tête elle a mis ma coiffure,
Elle prend le ruban qui faisait sa parure,
L'attache sur mon front d'un geste gracieux,
Et sa main caressante a lissé mes cheveux.
*Tiens ! tu vois ? te fais beau...* Mais Loulou veut écrire :
Elle a le crayon d'or, et reprenant son rire,
Sur le feuillet qu'elle a posé sur mon genou,
Elle montre la place où elle écrit : Loulou...
O pères que l'on aime, au temps de votre enfance,
A l'heure où tout sourit, où des flots d'espérance
A vos yeux éblouis éclairent l'horizon
Vous avez écouté la plus tendre chanson
Que chante en vous berçant la plus tendre des mères.
Vous avez, au printemps, quand l'odeur des parterres
Embaume les zéphyrs, allant parmi les fleurs
Dans l'extase qui mêle et le rire et les pleurs,
Enlaçant de vos bras une reine charmante,
Senti battre le cœur de votre douce amante.
Et vous avez, plus tard, comme en un paradis,
Goûté les heureux jours et les instants bénis
Qu'apporte avec l'hymen la compagne fidèle
Que l'amour embellit des clartés de son aile...
Sur ces bonheurs divins quand les ans ont passé,
Quand le poids des soucis sur vous s'est amassé,
Il est devant le ciel plus doux à l'âme encore
De sentir sur son front la main pleine d'aurore
De l'enfant que l'on aime et dont l'accent si pur
Vous pénètre le cœur de son rayon d'azur...
Or, Loulou ma donné la part de ses caresses.

— *Veux aller voir Mimi...* celui dont les tendresses
Afin qu'il dorme heureux réclament son enfant,
Mimi, c'est le papa. C'est celui qui défend
A l'heure du péril le sol de la patrie,
Et qui défend Loulou des peines de la vie.
Il faut qu'il se repose, à tracer le sillon
Qui permet chaque jour de nourrir la maison,
On peine fort, parfois, et le labeur intense
Chaque jour supporté, chaque jour recommence...
Loulou près de Mimi se blottit doucement,
Et Mimi, qui sent battre un petit cœur aimant,
Ayant deux petits bras qui font une couronne
A son front où l'espoir plus tendrement rayonne,
Près de Loulou s'endort avec des visions
De beaux raisins vermeils et de riches moissons !

# LES ENFANTS DE SAINT-DENIS

O chers petits enfants qui venez dans l'air pur
Respirer les parfums qu'offrent les fleurs vermeilles,
Aux rayons d'un soleil qu'embellit notre azur
Où votre envol se mêle à celui des abeilles.

Joyeux, vous apportez sur nos côteaux déserts
Où l'appel au drapeau fait une solitude,
Avec vos fiers regards où passent des éclairs,
Votre âme qui s'attache à notre âme un peu rude.

A nos foyers que voile un long deuil supporté
Vos pas font s'aviver la flamme qui rayonne,
Et des seuils attristés votre essaim qui bourdonne
Retrouve le sourire et la douce gaîté.

Vous répondez aux voix de la cloche qui sonne
Comme au chêne puissant répondent les roseaux
Et vos chants tout pareils aux chants de nos oiseaux
Font qu'un souffle plus pur en notre sein frissonne.

Le fil d'or reliant votre plaine aux sommets
Où nos mains vous feront un nid toujours plus tendre,
Doit s'attacher plus fort et doucement s'étendre
Comme un lien d'amour qui ne se rompt jamais.

C'est : Au revoir ! enfants, que nos âmes vous disent ;
Et face à l'ennemi que nous vaincrons un jour,
Les yeux sur le drapeau, jusqu'à votre retour
Nous porterons vers vous les espoirs qui nous grisent.

O chers petits amis, si charmants et six beaux,
Gardez le souvenir, et dites à vos mères,
Quand leurs baisers pleuvront sur vos têtes si chères,
Qu'avec elles nos cœurs sont près de vos berceaux !

# A... LUCILE

Depuis qu'il est parti ce grand frère si doux,
Avec son cœur candide et son âme si fière,
Depuis qu'il dort, aimé, sous l'éternelle pierre
Où l'on prie à genoux.

Ton jour, ô tendre sœur, se recouvre d'un voile ;
Le temps, loin d'effacer, ravive ta douleur,
Et ton regard si clair devient triste et rêveur
Quand il cherche l'étoile...

Oh ! oui, garde toujours le vivant souvenir
D'une si fraternelle et si vive tendresse ;
Que ton âme à son âme en ta prière adresse
Les vœux d'ardent espoir que le ciel va bénir.

Mais écoute, ô Lucile, une voix qui s'élève
Et qui vient de l'abîme où sont tombés tes pleurs ;
Ecoute, elle est plus douce, et c'est la voix des fleurs
Dont le souffle divin veut répondre à ton rêve...

« O sœur, sous le regard des cieux,
« C'est une tombe qui t'en prie,
« Laisse dans l'éclat de tes yeux
« Briller une étoile bénie.

« Fais qu'aux feux du matin ton front
« Se couronne de fleurs écloses,
« Ainsi que les reines en ont
« Lorsque l'Avril offre ses roses.

« Reprends ton vol, ange meurtri,
« Colombe en son essor blessée,
« Laïsse au sein d'un printemps fleuri
« S'ouvrir l'aile de ta pensée.

« Laisse encore, ô plus grande sœur,
« S'effacer de ta lèvre close
« L'ombre où déjà dans sa douceur
« Un souris radieux se pose.

« Aux sentiers parfumés laisse au fond de ton cœur
« Se lever une aube nouvelle,
« Que toujours sous tes pas un rayon de bonheur
« Te luise et te fasse plus belle.

« Sois rieuse, ô Lucile, et qu'un plus tendre espoir
« En ton âme s'épanche,
« Que ta main gracieuse orne ton ruban noir
« D'une corolle blanche ! »

# LE REMPART

Tout orné de beaux arbres verts
Le rempart, avec son ombrage,
Nous offre les riants concerts
De ses oiseaux dans le feuillage.
C'est là que le gai rossignol,
Sur le rameau qui se balance,
Note et compose en clef de sol
Les airs si doux de sa romance.

Le rempart s'emplit aux zéphirs
Des parfums de la fleur éclose,
Et c'est l'éden des souvenirs
Où l'âme en peine se repose.
Son charme fait naître en nos cœurs
Les espoirs qu'avive l'étoile
Et devant nos regards rêveurs
Du bonheur soulève le voile.

Autrefois, les bruits d'un combat
Troublaient l'ombre silencieuse,
Mais le rempart revêt l'éclat
Des feux de la fête joyeuse.
Loin des cris de haine apaisés
Tes accords font, ô Symphonie,
Avec la chanson des baisers
Se mêler des flots d'harmonie.

Le soir, aux grands arbres discrets
Les amoureux toujours fidèles
Deux à deux disent leurs secrets,
Leurs serments d'amours éternelles.
Et, s'il voulait, notre rempart
Conterait de bien tendres choses :
Il dirait, s'il était bavard,
Comment on effeuille les roses !

# L'AUTOMNE

*A notre Villa*
*Le jour de son baptême*

O modeste villa, le nom que l'on te donne
Est celui que le Temps, en poursuivant son cours
Où s'attache en passant la saison de nos jours,
Vient mettre sur nos fronts aux tiédeurs de l'automne.

O notre humble maison, nos mains avec amour,
Pour te rendre à nos yeux l'égale des plus belles,
Et d'ombre et de soleil te vêtant tour-à-tour,
Vont t'entourer de fleurs et de nids d'hirondelles.

Dahlias et glaïeuls aux brillantes couleurs
Te montreront l'éclat des parures écloses.
Le lilas et l'œillet t'offriront leurs senteurs
Et tu te baigneras dans le parfum des roses.

Tu verras, au matin, boire l'abeille d'or
Aux corolles des lys à l'aurore entr'ouvertes
Et l'oiseau, voltigeant parmi les branches vertes,
De ses chants les plus doux va te charmer encor.

Et tu seras pour nous la demeure accueillante
Où le repos, enfin, peut trouver son abri.
Sur ton seuil souriant la brise caressante
Parlera des attraits de notre éden fleuri.

A ton foyer tranquille, où le soir on devise,
Aux chemins du Passé nos cœurs vont revenir,
Et dans le clair reflet des flammes qu'on attise
On verra rayonner l'aile du souvenir.

Nos pensers endormis, pareils aux étincelles
Dont le flot ravivé s'échappe des tisons,
Reprendront leur essor, et nos illusions
S'éveilleront en foule, à nos songes fidèles.

C'est à toi, doux refuge, asile aux murs discrets,
O séjour dont on sent l'amicale tendresse,
Que nôtre âme, en ton sein goûtant une caresse,
A chaque heure du jour contera ses secrets.

Nos voix te rediront nos rires et nos larmes,
Nos rêves envolés comme des papillons...
Et l'espoir qui nous reste en traçant nos sillons...
..........................................
O coquette villa, nous bénissons tes charmes !

# LA TONNELLE

La tonnelle pour vous attendre
A mis son habit de printemps :
Son frais corset dont le vert tendre
Se pique de jolis points blancs.

Elle vous offre son ombrage
Tout plein des subtiles senteurs
Que la brise au plus doux langage
Demande aux calices des fleurs.

C'est là qu'avec l'aube éveillée
J'écoute la voix du pinson
Où parfois la rose effeuillée
Mêle un sanglot dans le buisson.

C'est là que le soir je m'énivre
Du parfum de mes souvenirs,
Et que mon cœur, lassé de vivre,
S'endort au bruit de ses soupirs.

C'est là que mon front sans pensée
Se penche pour se reposer,
Et que sur mon âme blessée
Un lourd sommeil met son baiser.

C'est là, qu'au rythme des prières
De ceux que frappe le Destin,
Des pleurs soulevant mes paupières
Voilent mes yeux et mon chagrin.

. . . . . . . . . . . . . . . . . . . .
. . . . . . . . . . . . . . . . . . . .

La tonnelle pour vous attendre
A mis son habit des grands jours,
Et c'est qu'elle rêve d'entendre
La gaîté des jeunes amours !

# BERCEUSE

*A Miette.*

Fais dodo, petite Miette,
Fais dodo sous tes rideaux blancs.
Fais dodo, mignonne fleurette
Qui s'éveille avec le printemps.
Fais dodo, petite Miette,
Fais dodo do do do.

Fais dodo, ma reine jolie,
Fais dodo ; l'étoile des cieux
Au front de sa sœur endormie
Va mettre un rayon radieux.
Fais dodo, ma reine jolie,
Fais dodo do do do.

Fais dodo : sur toi l'ange veille
Et protège un frêle berceau ;
Fais dodo comme au nid sommeille,
Sous une aile, un petit oiseau.
Fais dodo : sur toi l'ange veille.
Fais dodo do do do.

Fais dodo, commence un beau rêve
Qui te berce, et doux et vainqueur,
Et qui vole au jour qui se lève ;
Fais dodo tout près de mon cœur.
Fais dodo, commence un beau rêve,
Fais dodo do do do.

## BÉBÉ

*(Par Papa et Maman).*

O petit enfant,
Toi qui sur la terre
D'un pas triomphant
Gravis le mystère ;

O lis frais et pur.
O mignonne rose
Sous un clair azur
Tendrement éclose ;

O divine fleur
Qui s'ouvre, bénie,
Avec la douceur
D'une aube éblouie ;

Doux ange des cieux
Dont le front rayonne,
Beauté qu'à nos yeux
L'étoile couronne ;

O charmant amour,
Ton aile de flamme
Nous met en ce jour
L'extase dans l'âme.

Dans nos cœurs joyeux
Sourit l'espérance,
O roi gracieux
Des bébés de France !

# A L'ENFANT POÈTE

Laissez voltiger toujours,
Enfant à l'âme éblouie,
Légers comme des amours,
Vos rêves de poésie.

Chantez avec les oiseaux,
Colombe du ciel venue,
Que la chanson des roseaux
Se mêle au chant de la nue.

De vos doigts d'ange, ici-bas,
Parmi d'autres fleurs écloses,
Chaque matin sous vos pas
Semez des lis et des roses.

Avec les beaux papillons
Qui vont sur votre passage,
Volez des bois aux sillons
Et de la terre au nuage.

Faites briller sous les cieux,
Où parfois passent des voiles,
Les rayons que dans vos yeux
Ont mis vos sœurs les étoiles.

Devant nos soirs désolés,
O reine, apportez encore
Avec vos rêves ailés
Des flots d'azur et d'auror !

# LES PAPILLONS

Voltigez, papillons blancs,
Et vous ailes diaprées,
Papillons gais et pimpants
Dont les plaines sont parées.
Voltigez tous, éclatants,
Jolis papillons de France
Eclos avec le printemps,
O messagers d'espérance.

Voltigez, beaux papillons,
Dans l'azur et la lumière,
Au bois et dans les sillons
Fêtez la fleur printanière.
Voltigez, tout habillés
De soie et de charté blonde,
Papillons ensoleillés,
Dans une joyeuse ronde.

Voltigez, ami d'un jour,
Papillons au cœur volage,
En effleurant tour-à-tour
La rose à votre passage.
Voltigez devant nos yeux,
Troupes riantes et folles,
O papillons radieux
Voltigez sur les corolles.

Le soir voltigez encor,
Quand nos paupières sont closes,
En semant vos rayons d'or,
O brillants papillons roses.
Autour de nous voltigez
Rêves charmants et fidèles ;
Papillons doux et légers
Faites rayonner vos ailes !

# AU TOUT PETIT

Quand tu viens, charmant tout petit,
Tout vêtu de couleur vermeille,
Répandre au foyer qui gémit
La clarté d'or qui l'ensoleille ;

Lorsque tu fais, devant mes yeux
Que le flot des larmes sillonne,
Briller, limpide et radieux
Ton regard où l'azur rayonne ;

Quand, près de mon seuil attristé,
J'écoute, égayant ton passage,
Tout petit du ciel apporté,
Ton joyeux et divin langage ;

Quand ton clair et riant matin,
De mon soir apaisant la fièvre,
Ramène un souris qui soudain
S'était envolé de ma lèvre ;

Quand sur ton front déjà tout fier
Resplendit, encore enlacée,
Mais rêvant de briser son fer,
L'aile de feu de ta pensée ;

Quand tu laisses près de mon sein
Se reposer ta tête blonde,
O tout petit que le Destin
Sur ma route a mis en ce monde ;

J'entends comme un souffle d'amour
Plongeant aux sources du mystère
Passer dans l'éclat de son jour
Parmi les roses du parterre.

Et le Doute aux plis de mon cœur
S'efface devant ta défense,
Tout petit dont le pas vainqueur
M'apporte un rayon d'espérance !

# A MADELEINE

Puisque les étoiles des cieux,
Avec l'aube claire et sereine,
Ont mis leur éclat radieux
Dans le regard de Madeleine ;

Puisque la rose avec douceur,
Dans les parfums de son haleine,
Répand sa plus fraiche couleur
Sur les lèvres de Madeleine ;

Puisqu'un plus joyeux Messidor,
Comme il fait aux blés de la plaine,
En passant a semé de l'or
Dans les cheveux de Madeleine ;

Puisqu'un souffle ardent et divin
Vêt de sa flamme souveraine,
Pour éblouir notre chemin,
L'âme de feu de Madeleine ;

Puisqu'un ciel souriant et doux,
De nos cœurs dissipant la peine,
Fait en ce jour tout près de nous
Battre le cœur de Madeleine ;

Je veux, au salut de ses sœurs
Mêlant mon hommage à la reine,
Mettre une couronne de fleurs
Au front charmant de Madeleine !

# AU PRINTEMPS

*Dédié à M. L.*

O doux printemps, quand ta clémence
De l'hiver combat les rigueurs,
Quand vers nous tes regards vainqueurs
Répandent leur caresse immense ;

Quand tu viens sous le ciel de France
Semer les oiseaux et les fleurs,
Quand des yeux effaçant les pleurs
Tu mets dans l'âme une espérance ;

Sous le flot des divins rayons
Avec les souffles des sillons
Parmi les corolles écloses,

J'écoute, en la clarté du jour,
Se mêlant au parfum des roses,
Un chant de prière et d'amour !

# EXTRAITS DU LIVRE

# SEMEURS ET SEMEUSES

*(Il s'agit ici de Semeurs d'idées)*

# LE SEMEUR

*Ecrit en Novembre 1901* *A M. B.*

O fier et doux apôtre,
O plus vaillant semeur
Au front rêveur,
O fier et doux apôtre,
Laisse ton cœur
Venir parler au nôtre.

Tes pas suivent la route
Où brille le Savoir
Et le Devoir,
Tes pas suivent la route
Où luit l'Espoir
Pour le peuple qui doute.

A nos cœurs ta parole
Au charme si puissant,
Si caressant,
A nos cœurs ta parole
Donne, en passant,
La foi qui nous console.

Pour dissiper les voiles
Qui tiennent en prison
Notre raison,
Pour dissiper les voiles
A l'horizon
Tu sèmes des étoiles.

Avec toi, dans ta course,
Vont la Fraternité,
L'Egalité,
Avec toi, dans ta course,
La Liberté
Nous découvre sa source.

Marche à travers le monde,
Toi dont on va bénir
Le souvenir,
Marche à travers le monde,
Vers l'avenir
Que ton souffle féconde.

Laisse au Bien qui t'enflamme,
O plus vaillant semeur
Au front rêveur,
Laisse au bien qui t'enflamme,
O doux penseur,
Laisse voler ton âme !

# LA SEMEUSE

*Chant d'école.*

Sans cesse, ô toi qui sème
Quand se lève le jour,
Semeuse que l'on aime,
Répands avec amour
De ta main radieuse
Au geste souverain,
Répands à flots, semeuse,
Répands, répands ton grain.

O douce travailleuse,
Vois s'ouvrir les sillons ;
Sème en rêvant, joyeuse,
Au temps des floraisons.
Que pour nous ta semence,
Semeuse au front serein,
En rayons d'espérance
Tombe sur ton chemin.

De ton pas sûr et ferme
Sème sans te lasser.
Sous tes yeux un doux germe,
Semeuse, va pousser.
Sa tige, frêle encore,
Sous les souffles vainqueurs
A la prochaine aurore
Fleurira dans nos cœurs.

Vois à présent, semeuse,
Tous ces beaux épis blonds ;
De ta peine oublieuse
Admire les moissons.
Contemple la naissance
D'un brillant messidor,
Qui, pour ta récompense,
T'offre une gerbe d'or !

# A LA DEMOISELLE

*Chant d'école*

Lorsqu'un riant et clair soleil
A travers l'ombre qui s'envole
Sur la cloche de ton école
Vient mettre son rayon vermeil,
Lève-toi, que ton seuil attende
Les écoliers aux cheveux blonds ;
Qu'à tous, fillettes et garçons,
Ta porte s'ouvre toute grande.

Maîtresse hier encore enfant,
Des plus grands à peine l'ainée,
Debout pour la tâche donnée,
Grande sœur au front triomphant,
Qu'au sein du bercail ta vaillance
Du travail montre le drapeau,
O gardienne du troupeau,
Sois une bergère de France.

Que ton aile, ange au clair souris,
Couvre ces fronts qu'elle protège
Penchés sur la page de neige
Où des noms sacrés sont écrits.
Sois l'ardente et joyeuse abeille
Qui butine un miel doux et pur,
Et devant l'essaim, sous l'azur,
Montre la corolle vermeille.

Sois la source au brillant cristal
Qui donne à boire à l'âme en peine,
Et sous son onde souveraine
Sans repos efface le mal.
Sois la sainte et divine flamme
Qui fait luire en des cœurs d'enfants
Tout l'espoir des jeunes printemps
Qu'avive un rayon de ton âme.

Sois le guide aimé, dont la main,
Des sentiers écartant le voile,
Aux regards qui cherchent l'étoile
Des sommets ouvre le chemin.
Sois la matinale semeuse
Qui, pour fleurir nos lendemains
Avec son cœur jette les grains
De sa semence radieuse !

# PETITE ÉCOLIÈRE

*Chant d'école*

Entends-tu, fillette
Au rire joyeux,
Tinter la clochette
Qui finit les jeux ?
L'oiselet qui vole
Au son de l'airain
Gaiement de l'école
Montre le chemin.

Petite écolière,
Au chant du pinson
Va, joyeuse et fière,
Lire ta leçon.

Va, que ton courage
O mignonne enfant
Lutte à chaque page
Et soit triomphant.
Un sentier moins rude
Peut cacher des pleurs :
Celui de l'étude
Est semé de fleurs.

Petite écolière,
Au chant du pinson
Va, joyeuse et fière,
Lire ta leçon.

C'est là qu'une amie
Sur toi chaque jour,
Jamais endormie,
Veille avec amour.
Le bien qui sommeille
Au fond de ton cœur
Sous ses yeux s'éveille
Et doux et vainqueur.

Petite écolière,
Au chant du pinson
Va, joyeuse et fière,
Lire ta leçon.

Va, quand l'heure sonne,
Près d'elle t'asseoir,
Sur son front rayonne
L'éclat du Savoir.
Enfant studieuse,
Pour avoir parfois
L'âme radieuse
Ecoute sa voix.

Petite écolière,
Au chant du pinson
Va, joyeuse et fière,
Lire ta leçon.

# OÙ VAS-TU, PETIT ENFANT ?

*Chant d'école*

Où vas-tu, petit enfant,
Avec ta mine éveillée
Et ton regard triomphant
En passant sous la feuillée ?
Où mène-t-il ce sentier
Où ton pas gaiement résonne ?
« Voyez, je suis écolier
« Et, là-bas, la cloche sonne. »

Dis, qu'elle est cette chanson
Que cessant leur bavardage
L'abeille avec le pinson
Ecoute sur ton passage ?
« Ce clair et joyeux refrain
« Avec des mots d'espérance,
« Chaque jour sur mon chemin
« Vous parlera de la France ! »

Dis, pourquoi ce livre ouvert
Devant l'ombre du vieux chêne ?
« Il me dit ce qu'ont souffert
« Ceux que l'ignorance enchaîne.
« Ce livre c'est l'avenir
« Montrant une aube nouvelle...
« Adieu ! Laissez-moi courir,
« Là-bas, la cloche m'appelle ! »

# JEUNES ABEILLES

*Chant d'école.*

Avec ses papillons d'or
Le printemps a son trésor
De fleurs écloses,
Et dans ce brillant décor
Votre éclat rayonne encor
Fillettes roses.

En souriant, un matin,
Avril met sur le chemin
Des pâquerettes
Qui mêlent dans votre main
Leur neige à votre carmin,
Tendres fleurettes.

Aux bords des sentiers en fleurs
La rose voyant ses sœurs
Passer, gentilles,
Vient de ses fraîches couleurs
Couronner vos fronts rêveurs,
Petites filles.

Gaîment la voix du pinson
S'élève à chaque buisson,
Joyeuse et fière...
Mais l'oiseau prend sa leçon :
Il écoute la chanson
De l'écolière.

La ruche bourdonne au jour,
Les corolles alentour
S'ouvrent, vermeilles.
L'école est votre séjour,
Butinez avec amour,
Jeunes abeilles !

# A MADAME L...

*Chant d'école*

O maîtresse, l'heure tinte ;
Sois, avec l'aube qui luit,
Prête pour la tâche sainte,
O dissipeuse de nuit,

Sois la vaillante semeuse
Au geste ferme et hardi
Qu'aime et bénit la glaneuse
Qui vient ramasser l'épi.

Sois l'abeille douce et bonne
Qui répand, pur et vermeil,
Au sein du flot qui bourdonne
Un clair rayon de soleil.

Sois la fourmi qui travaille
Et ramasse des trésors,
Mais secourt, dans la bataille,
Tous les blessés du dehors.

Sois la cigale qui chante
La chanson du souvenir,
Et dans la saison présente
Nous prépare l'avenir.

Sois l'âme robuste et saine
Qui fait d'une âme d'enfant
L'aile vibrante et sereine
D'un Idéal triomphant !

# SONNET A LA SEMEUSE

*Chant d'école*

*A Mlle D.*

Debout ! voici le jour, inlassable semeuse,
Aujourd'hui, comme hier, à l'œuvre, que ta main,
Pas plus que le soleil de son rôle oublieuse,
Sans cesse avec amour prépare le bon grain.

Va, donnant un sourire au sillon qui se creuse,
Et laissant ton regard briller d'un feu divin,
Va, d'un pas ferme et sûr et l'âme radieuse :
Que la semence à flots tombe sur ton chemin.

Sème, afin qu'à nos yeux les germes qui travaillent
S'attachent doucement au cœur de nos enfants,
Et sur ces jeunes fronts éclosent triomphants.

Résistant sous ton souffle aux vents qui les assaillent,
Bénissant ton labeur, dans un bruit de chansons
Que ces beaux épis d'or nous offrent leur moisson !

# AU POÈTE

Ne te lasse jamais, poète,
Doux éclaireur du genre humain,
Vers le ciel, relève la tête
Et montre aux hommes le chemin.

Va sur ta route sans ornière,
Où la Science qui te suit
Vient de sa voix puissante et fière
Avec toi combattre la nuit.

Puisqu'un souffle divin t'entraîne
Sème de la fraternité ;
Va, que ta parole devienne
Le verbe de la vérité.

Oh ! va, lutteur dont le courage
Affronte la haine et le mal,
A travers la brume et l'orage
Fais resplendir ton idéal.

Marche sans cesse et si la boue
Jusque sur toi jaillit souvent,
Sans colère essuyant ta joue,
Sans t'arrêter, marche en avant.

Le regard fixé sur la nue
Marche, poète, et sans faiblir
Va vers la lumière entrevue,
Là-bas, là-bas, à l'avenir !

# EXTRAITS DU LIVRE

# “ PENDANT LA GUERRE ”

# AME ALLEMANDE
# ET AME FRANÇAISE

L'âme allemande a dit : Sur la terre et sur l'onde
Dieu même à ma puissance assujettit ses lois ;
Pour mettre à mes genoux les peuples et les rois,
J'ai mon aile de fer et ma foudre qui gronde.

L'âme française a dit : Je veille sur le monde
Et veux de ses berceaux dissiper les effrois ;
Aux regards des humains mon âme est à la fois
Le rayon d'espérance et de lumière blonde.

Or, l'aile du démon contre l'aile qui luit
Fait refluer sa haine et ses torrents de nuit,
Et la lutte géante est effroyable et sombre.

Mais un souffle éternel, dans l'infini des cieux,
Dit : Je garde l'Etoile aux rayons radieux :
France, que ton flambeau soit vainqueur de cette ombre.

# AU ROI DES BELGES

Quand le Droit de la Force aura brisé l'étreinte
Et vaincu pour jamais le Mal en son effort ;
Quand la Justice, enfin, de son hermine ceinte,
Sous les feux de son glaive aura plié le Sort ;

Quand le Destin dira qu'il est une heure sainte
Où le plus vertueux doit rester le plus fort,
Quand la terre meurtrie aura cessé sa plainte
Et que la barque humaine aura trouvé son port ;

Sur le socle de bronze où la sereine Histoire
Met des noms de héros et des rayons de gloire,
Les siècles de ton nom grandiront la splendeur.

Roi, ton courage écrit une page immortelle,
Et déjà le Bandit que le fer rouge appelle
Peut avec son néant mesurer ta grandeur !

# A L'INFIRMIÈRE FRANÇAISE

Ta robe toute blanche où parfois le blessé
A, de ses doigts sanglants, mis l'étoile vermeille,
Lorsque vers la douleur, ton visage est baissé,
Te fait, en sa parure, aux beaux anges pareille.

Au vaillant défenseur sous le feu ramassé,
Quand les corbeaux ont fui devant un vol d'abeilles,
Ton âme apporte un miel si doucement versé
Que son regard éteint sous ton souffle s'éveille.

Honneur, honneur à toi, qui mets sur nos drapeaux
Les noms auréolés des combats les plus beaux,
Epouse, mère, ou sœur, de nos soldats de France.

L'ardent effort d'amour que lui donne ton cœur
Forge pour la Patrie un glaive d'or vainqueur,
Et ta lutte est un chant d'immortelle espérance !

# A UNE INFIRMIÈRE DE L'ARRIÈRE
### ACCOMPLISSANT
## UNE TÂCHE PÉNIBLE ET SANS GLOIRE

Quand le poète au sein des sombres épouvantes
Regarde en nos sillons s'allumer ces flambeaux
Dont l'éclat tout pareil aux étoiles ardentes
Met des rayons de gloire aux plis de nos drapeaux ;

Lorsque dans le fracas des batailles géantes
Ses yeux, sur le chemin tout fleuri de héros,
Voient tes sœurs s'approcher des blessures sanglantes
En des gestes semeurs de courages nouveaux.

Sa muse, en frémissant, pour que le monde entende,
Chante en vers enflamés la vertu la plus grande,
Et son verbe se fait plus brillant et plus doux...

Mais à toi, qui dans l'ombre a trouvé l'héroïsme,
Aux replis de son cœur enfermant son lyrisme,
C'est la couronne d'or qu'il présente à genoux !

# A MADAME...

Des croix de nos héros la lyre du poète
Célèbre la valeur en des vers radieux,
Et la strophe enflammée au sein de la tempête
A fait vibrer notre âme et se mouiller nos yeux...

La muse aux ailes d'or demande que l'on fête
L'étoile qu'une Reine en un geste pieux
Posa sur votre cœur où son éclat reflète
L'ardent rayonnement d'un sceptre glorieux,

Mais quel chant peut monter vers l'ange qui protège,
Vers celle qui, debout dans le sanglant cortège,
Arrête les effrois, d'un regard triomphant...

O femmes à genoux, venez, que vos prières,
Où passe avec douceur un sourire d'enfant,
Mêlent à notre voix l'hymne d'amour, ô mères !

# A MARTHE DUPUY

*Pendant que ma main burinait ces vers*
*De vous trop indignes*
*Mon cœur attendri pleurait à travers*
*Les lignes.*

O poète qui pleure et gémit sur la terre
Et qui vole en un ciel que son âme a rêvé,
Toi qui parmi les fleurs écloses n'as trouvé
Qu'un linceul aux longs plis parfumé de mystère ;

Quand devant ton regard les roses du parterre
Vont aux tombes qu'étend l'orage soulevé,
Quand ton cœur, aux éclats de la foudre avivé
En entrant dans l'horreur sent sa plainte se taire,

Que tes doigts, de ta lyre oubliant les douleurs,
Sous le flot radieux des lauriers et des fleurs,
Offrent aux fronts penchés leur divine caresse ;

Et sur le sol béni, trempé de sang vermeil,
Qu'aux molles voluptés d'une trompeuse ivresse
Succède à tout jamais l'indomptable Réveil !

# LA TRICOTEUSE

Déjà l'hirondelle frileuse
Vole vers des printemps nouveaux,
Et voici que la tricoteuse
Dévide les doux écheveaux ;
Glissant sur les broches ailées,
Ses doigts, pareils à des rayons,
De ces brins de laines filées
Tricotent manteaux et jupons.

Passe et repasse dans la laine,
Navette que pousse ma main,
Ton travail dissipe la peine
Que l'hiver met sur son chemin.

Pour bébés, tendres fleurs écloses,
Elle fait maillots et chaussons ;
Et robes ciel et chandails roses
Charment fillettes et garçons.
Elle tricote pour les grandes
Une écharpe aux fraîches couleurs
Qui fera, parmi vos offrandes,
Plus tendrement battre les cœurs.

Passe et repasse dans la laine,
Navette que pousse ma main,
Ton travail dissipe la peine
Que l'hiver met sur son chemin.

Pour l'ami parti dans l'armée
Elle tricote un souvenir
Dont chaque maille s'est formée
Au rythme d'un tendre soupir.
Sur le métier joyeux penchée,
Elle travaille dès le jour,
Contre le froid de la tranchée
Elle tricote avec amour.

Passe et repasse dans la laine,
Navette que pousse ma main,
Ton travail dissipe la peine
Que l'hiver met sur son chemin.

# EXTRAITS

DU

# LIVRE DE MA MUSE

*Poésies d'après-guerre*

# MUSE, OU VAS-TU ?

Où vas-tu si légère, ô ma muse fidèle,
Reine qui veux trouver dans l'éclat de ton jour
Le parfum le plus doux, la rose la plus belle,
Et le calice d'or tout plein d'aube et d'amour ?

Ton envol suit le vol qu'un tendre éveil anime,
Et la verte forêt qui s'emplit de chansons.
L'aigle qui te rencontre en fait part à la cîme,
Et le côteau riant t'offre ses floraisons.

Avec l'oiseau joyeux qui te fête au passage
Et qui cherche des yeux le toit hospitalier
Tu vois aux monts lointains le but de ton voyage,
Tu découvres la perle à mettre à ton collier.

Délaissant ces édens où sous le ciel limpide
Tes sœurs au sein d'un songe aiment se reposer,
Tu reprends ton essor, et ton aile rapide
Poursuit sa route ardente et semble s'embraser.

Loin du brillant parterre où le soleil s'épanche,
Où le zéphir s'emplit de subtiles senteurs,
Loin des champs d'orangers dont la parure blanche
Eclôt et resplendit dans un flot de couleurs,

Tu m'emportes là-bas, vers la terre bénie
Qui frissonne d'espoir sous les pas du vainqueur,
Où la fleur qui s'attache à la tige meurtrie
Seule attire et retient ton regard et ton cœur.

La voici sous nos doigts la fleur encor tremblante
D'avoir eu pour rosée une goutte de sang,
Et qui pousse humblement sur le bord de la tente
Où se dressait hier la maison de l'absent.

Regarde, la voici la fleur de l'Espérance,
Oh ! que sa voix est douce et que son charme est grand !
C'est un chant glorieux que près d'elle on entend...
Que ma muse, à genoux, cueille la fleur de France !

# O MUSE, SOUTIENS-MOI

Oh ! soutiens-moi, muse charmante,
Que ton aile guide ma main,
Parmi les tombes du chemin,
Vers la pâquerette sanglante.

Sois l'ange qui devant mes yeux
Fait, pour effacer la tempête,
Aux sentiers d'une terre en fête
Briller un soleil radieux.

Que sans cesse luise en mon âme
Un ardent et divin rayon,
O plus céleste papillon
Tout vêtu d'azur et de flamme.

Que ton souffle mette en mon cœur
Et ton amour et ta colère
Qu'il soit doux comme un cœur de mère
Et terrible comme un vengeur.

Allume en moi, muse adorée,
Le feu qu'attise un souvenir
Qui nous fait chanter et gémir
En cueillant la gerbe sacrée.

# EN PAYS RETROUVÉ

. . . . . . . . . . . . . . . . . . . . . . . . . . . . . . . . . . . . . . . . . . . . . . .
. . . . . . . . . . . . . . . . . . . . . . . . . . . . . . . . . . . . . . . . . . . . . . .
. . . . . . . . . . . . . . . . . . . . . . . . . . . . . . . . . . . . . . . . . . . . . . .
. . . . . . . . . . . . . . . . . . . . . . . . . . . . . . . . . . . . . . . . . . . . . . .

O sillons aimés, sol bénit,
O champs qui frémissez encore,
Vallons d'où s'efface la nuit
Monts où l'on voit briller l'aurore ;

O terre glorieuse où rêve l'avenir,
Voici que dans l'éclat de sa beauté nouvelle
Renaît l'amour vainqueur... Muse, encore un coup d'aile
Vers les roses qu'on va cueillir !

# APRÈS LA CUEILLETTE

. . . . . . . . . . . . . . . . . . . . . . . . . . . . . . . . . . . . . . . .
. . . . . . . . . . . . . . . . . . . . . . . . . . . . . . . . . . . . . . . .
. . . . . . . . . . . . . . . . . . . . . . . . . . . . . . . . . . . . . . . .
. . . . . . . . . . . . . . . . . . . . . . . . . . . . . . . . . . . . . . . .

. . . . . . . . . . . . . . . . . . . . . . . . . . . . . . . . . . . . . . . .
. . . . . . . . . . . . . . . . . . . . . . . . . . . . . . . . . . . . . . . .
. . . . . . . . . . . . . . . . . . . . . . . . . . . . . . . . . . . . . . . .
. . . . . . . . . . . . . . . . . . . . . . . . . . . . . . . . . . . . . . . .

O muse, arrêtons-nous, nos mains se sont meurtries,
Et parfois des tombeaux ont rougi le pavé ;
Mais l'écrin resplendit, sous tes yeux achevé,
Et tes bras sont chargés de corolles fleuries !

# ÉCOUTE, Ô MUSE

O muse dont la beauté
Sous mon regard se couronne
De joyaux dont la clarté
Jusqu'aux étoiles rayonne,

Écoute l'hymne divin
Que les corolles bénies
Chantent sur notre chemin
Devant nos âmes ravies.

Du calice de ces fleurs,
Lis de neige ou rose blonde,
Monte, au rythme de nos cœurs,
Une voix douce et profonde.

C'est l'hymne de la douleur,
L'hymne des deuils et des larmes,
C'est le formidable chœur
Qu'on entend crier : Aux armes !

C'est, en de mâles accents
Pleins d'héroïsme et de gloire,
L'hymne que chante en passant
L'ardente et sainte Victoire.

C'est le chant immortel qui berce les héros,
O muse, c'est ton chant, c'est le chant de la France,
C'est le chant qui résonne aux plis de nos drapeaux,
C'est un hymne enflammé d'amour et d'espérance !

# LE CHANT DU LIS

J'étais le lis couleur de neige
Où l'étoile a mis ses rayons,
Et les plus légers papillons
Me faisaient un riant cortège.

Dans l'or des matins lumineux
Je laissais, plein d'aube vermeille,
Au baiser charmant de l'abeille
S'ouvrir mon calice joyeux.

J'étais la fleur candide et pure
Que la vierge au corsage blanc
Mettait, d'un doigt rose et tremblant,
Aux tresses de sa chevelure...

J'étais le lis doux et divin
Dont l'éclat sous l'azur rayonne,
Et joyau d'un royal écrin,
O muse, j'ornais ta couronne...

Mais un jour ma fraîche candeur,
Qu'un zéphyr berçait de son aile,
Sentit soudain planer sur elle
Les noirs souffles de la douleur...

Longtemps les heures assombries
Dont le soleil s'est écarté
Ont vu sous leur vol attristé
Pâlir les corolles meurtries.

Elles ont mis sur ma blancheur
Du sang, des sanglots et des larmes,
Laissant ma prière et mes charmes
En proie au rire d'un vainqueur...

. . . . . . . . . . . . . . . . .
. . . . . . . . . . . . . . . . .
. . . . . . . . . . . . . . . . .

Mais les heures vengeresses
Ont repris leur vol ardent,
Après l'orage sanglant,
Muse, voici les caresses.

Sois béni, jour radieux
Où la plus divine reine,
Montrant sa main souveraine,
M'apporte un rayon des cieux,

O toi qui vois la souffrance,
Pour effacer ma pâleur
Garde l'éclat de ma fleur,
O tendre muse de France !

# LE CHANT DE LA VIOLETTE

C'est moi l'humble violette
Qui pendant les jours mauvais
Tremblais devant la tempête,
Ô muse que j'attendais.

Je demandais que Dieu veuille
M'aider à braver l'embrun
Sans qu'un vil souffle n'effeuille
Ma corolle au doux parfum.

Je voyais le flot sans nombre
De tous ces soudards épais
Qui te voilait de son ombre,
Etoile que je priais.

Parfois j'entendais le rire
Du Teuton lourd et brutal,
Bourreau qu'on allait maudire,
Dont l'orgueil blesse et fait mal.

Puis j'écoutais la romance
Des gretschens aux cheveux roux
Où l'on parlait de la France
Qu'il fallait mettre à genoux.

Je me cachais sous l'ombrage,
Redoutant qu'un doigt voleur
Aux plis d'un rouge corsage
De sang ne tache ma fleur...

Et toujours, toujours la haine
Passait en jetant son cri...
Mais l'ouragan se déchaine,
L'effroi gagne mon abri...

. . . . . . . . . . . . . . . .
. . . . . . . . . . . . . . . .

Or voici que dans l'orage
J'entends la voix des clairons
Pendant qu'écumant de rage
Courent les noirs escadrons.

Partout on sonne la charge
Qui chasse l'envahisseur...
Arrière, bandits, au large !
Le voici votre vainqueur.

Que sa démarche est légère,
Oh ! qu'il est beau ce guerrier !
Il touche à peine la terre
Sous la branche de laurier.

Il efface la souffrance,
C'est lui que l'on va bénir,
Et sous le soleil de France,
Muse, tu viens me cueillir...

Tes doigts ont pris ma fleurette
Que tu mets avec douceur,
O Reine, dans la cachette
Où j'entends battre ton cœur !

# LE CHANT DE LA ROSE

J'étais la rose en détresse
Martyre de ma beauté
Qu'outrageait une caresse
De l'Allemand redouté.

J'étais la rose meurtrie
Que d'infidèles printemps
Offraient aux doigts tout sanglants
Des bourreaux de ma patrie.

J'étais la reine des fleurs
Sous la tempête courbée,
Et j'arrosais de mes pleurs
Une couronne tombée.

J'étais la rose des deuils
Qu'entourait un sombre voile
Et mon rêve sous l'étoile
Allait aux lointains cercueils.

J'étais la rose attristée
Dont l'âme avec le zéphir
Vers l'éternel souvenir
Sans cesse était emportée...

. . . . . . . . . . . . . . . . . . . . . . . . . . . . . . . . . .
. . . . . . . . . . . . . . . . . . . . . . . . . . . . . . . . . .

Mais l'aube éclaire les cieux,
Je suis la rose ravie
Qui sur sa tige fleurie
Montre son front radieux.

Je suis la fleur parfumée
Que l'haleine du matin
Fait éclore, ô muse aimée,
Sous ton regard souverain.

Je suis la rose de France
Qui dans les jours de malheur
Gardait au fond de son cœur
La flamme de l'espérance.

Je suis la reine, toujours,
D'un clair printemps qui rayonne,
La rose dont la couronne
Se souvient de ses amours.

Viens, ô muse tout ailée,
Vers ceux qui dorment là-bas,
Viens, ô sœur qu'ils ont tout bas
Au dernier souffle appelée.

Laissons nos âmes s'unir,
Volons, ô reine adorée,
Vers une pierre sacrée
Qu'avec toi je veux bénir.

Comme une pieuse offrande
A ceux qu'à touché l'embrun,
Que mon plus tendre parfum
Sur la stèle se répande...

O muse à l'envol divin,
Je suis la rose fidèle
Qui, plus ardente et plus belle,
S'épanouit sur ton sein

Je suis la fleur qui se mêle
Aux lauriers de nos héros,
Et pour fleurir leurs tombeaux
Je suis la rose immortelle !

# LE CHANT DU BLEUET

Je naissais tout candide
Et bleuet doux et pur
Je me vêtais d'azur
Devant le ciel limpide.

Aux baisers du zéphyr
Tes yeux, ô muse aimée,
Dans la brise embaumée
Me voyaient resplendir.

A l'abeille qui vole,
Au léger papillon,
J'offrais dans le sillon
Ma plus douce corolle.

Et de mes clairs rayons
Tressant une couronne,
D'une reine mignonne
J'ornais les cheveux blonds.

Dans l'aube radieuse
Annonçant Messidor
Je donnais aux blés d'or
Ma parure joyeuse.

Et le long des sentiers
Où meurt la pâquerette
Ma fraîche collerette
Riait aux écoliers...

La cigale fidèle
Me chantait ses amours,
Et pour aimer toujours
Je chantais avec elle;

Lorsque l'aigle allemand,
Qui me voyait éclore,
Vint couvrir mon aurore
D'un nuage sanglant...

L'oiseau noir, dans la plaine,
De ses ailes de fer
Etendit son hiver
Et le flot de sa haine...

Pauvre bleuet meurtri
Qu'enveloppait un voile,
Je restai sans étoile
Dans le val assombri.

Et ma fleur étonnée,
Laissant couler ses pleurs,
Aux glaives des douleurs
Etait abandonnée...

Mais mon âme au séjour
D'éternelle tristesse,
Muse, d'une caresse
Attendait le retour.

Sous les heures sans nombre
Où, sur mon front baissé,
Passait le vent glacé,
Je m'endormais dans l'ombre.

Et mes songes ailés,
Dans l'ardente prière,
Appelaient la lumière
Des matins envolés...

Or, aux coups du tonnerre
L'éclair de Liberté
Revêt de sa clarté
Les plaines de la terre.

Ma voix, loin des autans,
Quand l'aube est revenue
Fait monter vers la nue
Les hymnes du Printemps.

Une ivresse bénie
Seule embrase mon sein
De son souffle tout plein
De tendresse infinie.

Tous les échos des champs,
Toutes les fleurs écloses,
Les lis avec les roses,
Accompagnent mes chants...

L'étoile d'or se lève,
Et répand sur mon jour
Les caresses d'amour
Que demande mon rêve.

Et dans l'éclat vainqueur
De ton aile de flamme,
O Muse, avec ton âme
Je retrouve ton cœur !

# LE CHANT DE LA MARGUERITE

Muse, je suis la marguerite
Qui loin de toi gémis longtemps,
Lorsque l'éclat de mon printemps
Se couvrait d'une ombre maudite.

Je suis la fleur des amoureux
Qu'un rêve accompagne, fidèle,
Et que l'avril doux et joyeux
Pour eux fait éclore plus belle.

De la douce étoile des cieux
Je suis, toujours pâle et meurtrie,
L'humble sœur au front radieux
Qui rayonnait dans la prairie.

Je suis la beauté que les jours
Ont l'un après l'autre blessée,
Et dont la souffrance toujours
A mon sein restait enlacée...

Pour moi les perles du matin
Offrant leurs plus fraîches rosées
Semblaient des larmes de chagrin
Sur ma corolle déposées...

O ciel, se voir en sa blancheur
Sous un doigt sanglant effeuillée,
Pendant qu'une lèvre souillée
Sans honte insulte la douleur ;

Être au vent de haine jetée,
Et quand viennent les noirs corbeaux
Dans la bataille être emportée
Avec les rires des bourreaux ;

Entendre la lutte suprême
Où parmi les cris déchirants
Montent les appels des mourants
Et l'adieu de ceux que l'on aime...

. . . . . . . . . . . . . . . . . .
. . . . . . . . . . . . . . . . . .

Mais l'épreuve terrible est close,
Sous l'azur aux clairs horizons
Voici que le soleil plus rose
Répand le flot de ses rayons.

Le voile odieux se déchire
Laissant l'Espoir en son essor
Mêler son plus tendre sourire
A la clarté des astres d'or.

On écoute un souffle qui passe,
Et ses accents libérateurs
De nos yeux effacent les pleurs,
O fleurs de Lorraine et d'Alsace.

Salut, reine au regard si doux,
France, que ma tendresse accueille,
Renais, printemps, ô muse effeuille
Mes pétales sur tes genoux.

Oh ! fais-moi redire : « Je t'aime »
Que dans leur divine douceur
Ces mots vers toi volent quand même
Sur l'aile d'un amour vainqueur.

# LE CHANT DU COQUELICOT

Depuis longtemps, hélas ! en ma prison de fer
Où m'avait jeté la tempête,
Moi, le coquelicot si brillant et si fier,
O France, je baissais la tête.

Sous un ciel sans azur, à peine l'horizon,
Dans les plis d'un voile de haine,
Laissait, devant mes pleurs, d'un timide rayon
Poindre la lueur incertaine.

De mon regard rêveur suivant les aigles noirs
Dont le vol assombrit la plaine,
Je sentais sur mon front la tristesse des soirs
Où s'endormait mon âme en peine...

Là-bas, là-bas, dans le lointain,
Muse, j'écoutais ta romance,
Mais l'Allemand sur le chemin
A mon cœur imposait silence.

Fermant mes pétales meurtris
Devant les haleines glacées,
Je gardais au fond de mes nuits
Le rêve des heures passées.

Et dans cette ombre, tour-à-tour
Droit ou plié sous la souffrance,
Mes regrets attendaient ton jour,
O plus radieuse espérance !

. . . . . . . . . . . . . . . . . . . . . . . . . . . . . . . . . . . . . . . . . . . . . .

Mais voici qu'à l'occident,
Qu'embrase un éclair immense,
Retentit le choc ardent,
La bataille recommence.

Tout le flot noir des bandits,
Dans le tonnerre des armes,
Roule, et sous ses flots maudits
Sème du sang et des larmes.

La horde à l'infâme orgueil,
A toute pitié rebelle,
D'avance a marqué le seuil
Que frappe la main cruelle.

On écoute les sanglots
Où se mêlent des prières,
Et dans l'effroi des berceaux
L'appel déchirant des mères...

Les Français sont là, toujours,
Tous prêts à sauver le monde,
Le vieillard chargé de jours
Et l'enfant à tête blonde.

Partout résonnent les pas
De ces guerriers magnifiques
Qui passent dans cent combats,
Ceints de lauriers héroïques...

C'est la lutte des géants.
La terre est une fournaise
Où dominent les accents
De l'ardente Marseillaise.

Debout ! les coquelicots,
Que l'éclat de notre flamme
Vienne guider les drapeaux
Que la liberté réclame.

Debout ! sur le globe entier
Gronde le torrent de gloire
Et l'aigle aux ailes d'acier
S'écroule sous la victoire...

. . . . . . . . . . . . . . . .
. . . . . . . . . . . . . . . .

France qui cueille nos fleurs,
O Muse que l'on couronne,
Emporte, en séchant tes pleurs,
Un feu d'amour qui rayonne !

# A LA MÉMOIRE DU LIEUTENANT L.

## TOMBÉ EN SYRIE

*A sa sœur*

Il est resté debout dans le choc formidable
Où sur un sol bénit nos yeux épouvantés
Voyaient les régiments comme des grains de sable
Sous les souffles de mort chaque jour emportés...

Bravant dans cent combats le Boche redoutable,
Jeune héros suivi de héros indomptés,
Son front s'est couronné d'honneur impérissable
Avec les lauriers d'or qu'il avait récoltés...

Oh ! ne plus le revoir, ce frère dont l'épée
Ceignait avec amour sa taille de vainqueur,
Ne plus pouvoir jamais le presser sur son cœur...

. . . . . . . . . . . . . . . . . . . . . . . .
. . . . . . . . . . . . . . . . . . . . . . . .

L'épée ardente, hélas ! dans les pleurs est trempée...
Seul, au pays lointain, il gardait le drapeau...

. . . . . . . . . . . . . . . . . . . . . . . .

La France entière, ô sœur, le berce en son tombeau !

# AU BANQUET DES VÉTÉRANS

Quand les roses fidèles
Que sous nos doigts émus les socles voient s'ouvrir,
Aux tombes que la gloire ombrage de ses ailes
Gardent le souvenir.

Quand notre amour pieux vole près de nos frères
Et pleure ces héros pour la France tombés,
Fiers enfants qu'à leurs mères
Le crime a dérobés ;

Quand sur un sol béni qu'a dévasté la Haine
Chaque pas montre encor devant nos fronts baissés
Les douleurs et les deuils qu'aux monts et dans la plaine
Les bourreaux ont laissés ;

Quand l'étoile à nos yeux paraît triste et voilée,
Frémissant d'avoir vu du haut de son ciel bleu
Avec nos seuils en feu
La vierge violée ;

Quand, témoin de l'horreur, après le berceau blanc
Qu'assombrit une tache
Où se trouvent mêlés et des pleurs et du sang,
Un ruban noir s'attache ;

Quand, soulevant les morts,
Un souffle ardent nous crie
D'être prêts aux efforts
Qui sauvent la Patrie,

Dans nos cœurs tout saignants, tu veux, ô Dieu de paix,
Voir l'oubli se glisser et le pardon renaître...

. . . . . . . . . . . . . . . . . . . . . . . . .
. . . . . . . . . . . . . . . . . . . . . . . . .

Leur pardonner ?... Peut-être...
Mais oublier, jamais !

# DEVANT LE MONUMENT AUX MORTS DE S...

Tous à genoux devant la pierre
Qu'à jamais arrosent nos pleurs,
Saluons, dans une prière,
Nos héroiques défenseurs.
Leur mort fait la France plus belle,
Et sous les lauriers triomphants
Ils ont, ô sublimes enfants,
Un linceul de gloire immortelle.

Pour eux, de nos cœurs monte encor
Une larme pieuse,
O marbre aux noms sacrés, ô page glorieuse
Ecrite en lettres d'or !

Leur sommeil d'un rayon de flamme
Revêt l'éternel souvenir,
Et l'aile ardente de notre âme
Plane sur eux pour les bénir.
Penchés sur la tombe fleurie
Qui verra s'incliner nos fronts,
A nos fils nous rappellerons
Qu'ils sont tombés pour la Patrie.

Pour eux, de nos cœurs monte encor
Une larme pieuse,
O marbre aux noms sacrés, ô page glorieuse
Écrite en lettres d'or !

Épouse en deuil, et toi, fillette
Qui faites halte au champ d'honneur,
Aux doux accents de la fauvette
Venez fleurir votre douleur:
Les fleurs, pour eux seuls sont écloses
Dans l'or des matins radieux
Que vos mains sans cesse à nos yeux
Sur leur tombeau sèment des roses.

Pour eux, de nos cœurs monte encor
Une larme pieuse,
O marbre aux noms sacrés, ô page glorieuse
Écrite en lettres d'or !

# A JEANNE GALZY

*Écrit en 1924, après avoir lu*
*« LES ALLONGÉS »*

O Jeanne, tu nous vois les paupières pâlies,
Tous, rêveurs sans essor, inclinés devant toi,
Seul l'envol radieux de tes ailes bénies
Dans l'infini du ciel monte et scrute sa Loi.

Ton âme au flot dolent des âmes trop meurtries
Qui sur la mer profonde ont cherché le Pourquoi,
Apporte le reflet des aubes éblouies
Où l'immortel Amour fait pendant à la Foi.

Nos cœurs n'ont pas encor au sein des servitudes
Saigné, comme ton cœur, sous des coups assez rudes
Pour atteindre au sommet des sublimes hauteurs,

Guide aimé qui d'un souffle a soulevé le Voile,
Conduis-nous, tout chargé de rayons et de fleurs,
Vers les cîmes d'azur où resplendit l'Étoile !

# LA CHANSON FRANÇAISE

Français, gardons la victoire.
Gardons bien nos enfants blonds,
Et nos seuils et nos moissons ;
Français, gardons notre gloire.
Sous les plis de nos drapeaux,
Que l'invincible vaillance
A faits si grands et si beaux,
Français, gardons notre France.

Restons debout, prêts au secours
Que la Liberté demande.
Debout ! France plus grande,
Debout ! France, toujours !

Près de ces tombes fleuries
Qu'entoure un peuple à genoux,
Un souffle monte vers nous
Du sein des pierres bénies :
« Frères, notre sang versé
« Ne veut pas que l'on oublie »
Qu'un deuil jamais effacé
Nous parle de la Patrie.

Restons debout... etc.

Coq de la Gaule dont l'aile
Montre un soleil radieux,
Du sol sacré des aïeux
Vigilante sentinelle,
Coq d'or que vint assaillir
L'aigle terrible et hagarde,
Dans l'éternel souvenir
Que ton cri joyeux nous garde.

Restons debout... etc.

Marchons, que la paix du monde
S'éveille au bruit de nos pas
Et fasse aux dieux des combats
Entendre sa voix profonde.
Marchons, qu'un droit souverain
En notre pays s'incarne,
Que notre chant jusqu'au Rhin
Porte un salut de la Marne !

Restons debout, prêts au secours
Que la liberté demande ;
Debout ! France plus grande.
Debout ! France, toujours !

# DERNIER ENVOL

# LE POÈTE A SA MUSE

Viens encor, muse plus belle,
Boire aux calices d'azur.
Que ton baiser le plus pur
Me caresse de son aile.

Vers les sommets radieux
Où plane un divin mystère
Qu'à mes yeux ta main légère
Montre l'Etoile des cieux,

O Muse, écoute ma lyre
Prier dans l'hymne d'amour
Que ravive tour-à-tour
Ton regard et ton sourire...

Afin qu'un rêve plus doux
Berce mon âme enflammée,
Oh ! laisse-moi, muse aimée,
M'endormir à tes genoux...

Que l'envol d'un songe, ô muse, nous mène
Aux champs merveilleux où règnent tes sœurs.
Que leurs doigts chargés d'aurore et de fleurs
Sur un trône d'or couronnent leur Reine.

# LA PRIÈRE DE LA MUSE

O ciel, entends mes vœux, toi qu'à genoux je prie,
Ecoute ! ô Créateur qui nous donnes le jour,
Verbe qui vint ouvrir, en sa grâce bénie,
Mes yeux à la lumière et mon cœur à l'amour,

Dieu puissant que j'adore, écoute ma prière,
Elle emporte là-haut sa ferveur et sa foi ;
Seigneur, donne à celui que j'aime sur la terre
Ce que dans sa prière il demande pour moi.

Fais que je sois pour lui plus aimante et plus belle,
Qu'il trouve à mon baiser toujours plus de douceur ;
Que sur son sein, pareille à la rose fidèle,
Je puisse auprès du mien faire battre son cœur.

O Père dont la main nous garde et nous protège,
Laisse devant nos pas briller l'Etoile d'or ;
Aux sentiers que la fleur vêt d'azur et de neige
Fais qu'ensemble nos voix viennent prier encor.

Et fais aussi, mon Dieu, que sur l'aile de flamme
Qui plane avec mon rêve en ton éden divin,
Mon âme qui s'unit et se mêle à son âme,
S'envole pour l'aimer dans un monde sans fin.

# PRÉSENT D'AMOUR

Tiens, le voici ton livre, ô ma muse bénie ;
Sous leur aspect changeant chaque page toujours
Chante un même idéal et les mêmes amours,
Et c'est toi Marinette et la Rose fleurie.

Pour que mon luth ardent célèbre leur beauté ;
Toutes les fleurs avaient pris les feux de ton aile ;
Mais tu descends des cieux, ô Reine, et leur clarté
Pâlit devant l'éclat d'une flamme éternelle.

# TABLE DES MATIÈRES

TABLE DES MATIÈRES




Sancerre. - Imp. Michel PIGELET. - 7-26

www.ingramcontent.com/pod-product-compliance
Ingram Content Group UK Ltd.
Pitfield, Milton Keynes, MK11 3LW, UK
UKHW031858260826
14628UKWH00002B/841

9 782329 036939